THEATERBIBLIOTHEK

Ingeborg von Zadow gehört seit zwanzig Jahren zu den profiliertesten Theaterautorinnen des deutschen Kindertheaters. Im Zentrum ihrer Stücke stehen Grundsituationen der menschlichen Existenz. Neugierde auf die Welt, Angst vor dem Anderen und Abschiednehmen sind ihre Themen. Die Kernhandlung ist dabei immer bis zum Äußersten verdichtet. Aus ihr entwickeln sich Handlungsvariationen, die die Situationen ausloten. Vor allem die Stücke *Ich und Du, Pompinien, Besuch bei Katt und Fredda* und *Raus aus dem Haus* erscheinen wie Versuchsanordnungen, die sich durch ihre genaue Beobachtung von Verhaltensweisen auszeichnen. In den beiden Stücken *Über Lang oder Kurz* und *Komm jetzt geh* begegnen sich die unterschiedlichsten Figuren, sie lernen die Andersartigkeit zu akzeptieren und freunden sich an. Schönheit und Witz erhalten die Texte durch ihre außerordentlich musikalische Sprache. Die Dichte der theatralischen Situationen und der Sprache erinnerte Manfred Jahnke an den großen irischen Dramatiker: In der *Stuttgarter Zeitung* bezeichnete er Ingeborg von Zadows Stücke als »Beckett für Kinder«.

»So philosophisch wie kindlich und fast absurd.«
Theater der Zeit

Ich und Du – ab 6 Jahren
Pompinien – ab 6 Jahren
Besuch bei Katt und Fredda – ab 8 Jahren
Über Lang oder Kurz – ab 8 Jahren
Raus aus dem Haus – ab 2 Jahren
Komm jetzt geh – ab 8 Jahren

Ingeborg von Zadow
Ich und Du

Sechs Theaterstücke für Kinder

Bibliografische Information der Deutschen Nationalbibliothek
Die Deutsche Nationalbibliothek verzeichnet diese Publikation in der Deutschen Nationalbibliografie; detaillierte bibliografische Daten sind im Internet über http://dnb.dnb.de abrufbar.

Verlag der Autoren GmbH & Co KG
Taunusstraße 19, 60329 Frankfurt am Main
Telefon 069 238574-0, Fax 069 24277644
E-Mail: theater@verlagderautoren.de
www.verlagderautoren.de

Umschlaggestaltung: Bayerl & Ost, Frankfurt am Main
Satz: RG-Datenservice, Darmstadt
Druck: betz-druck GmbH, Darmstadt

Printed in Germany
ISBN 978-3-88661-354-0

Inhalt

Ich und Du

Personen

DOODLE
ZIGGY

beide gleich alt

Doodle und Ziggy (englische Aussprache) sind entweder mit zwei Männern oder zwei Frauen zu besetzen. Werden Doodle und Ziggy von zwei Schauspielerinnen gespielt, ändern sich im 3. Akt die Personalpronomina.

1. Akt

Ziggy sitzt auf einer Bank. Doodle spielt mit dem Publikum Ball. Pause.

ZIGGY Es ist schrecklich.
DOODLE Ja?
ZIGGY Es könnte mir jederzeit etwas auf den Kopf fallen.
DOODLE Auf den Kopf?
ZIGGY Auf den Kopf.

Sie gucken beide in den Himmel.

ZIGGY Ein Stein. Er könnte mich erschlagen.
DOODLE Wieso soll dich ein Stein erschlagen?
ZIGGY Oder dich. Stell dir vor, du sitzt einfach da und plötzlich erschlägt dich ein Stein.
DOODLE Wo soll denn der herkommen?
ZIGGY Wo der herkommen soll?
DOODLE Ja, wo soll er herkommen.
ZIGGY Einfach so. Von einem UFO vielleicht.
DOODLE Einfach so?
ZIGGY Ja.
DOODLE Quatsch.
ZIGGY Man kann nie wissen.
DOODLE Es ist nicht wahrscheinlich.
ZIGGY Es ist nicht ausgeschlossen.
DOODLE Ich sehe keinen Stein.
ZIGGY Natürlich siehst du ihn nicht. Das ist ja der Witz.
DOODLE Der Witz?
ZIGGY Ja. Hinterhältig. Du denkst nichts Böses und – zack – schon ist es passiert. Weil du nicht aufgepasst hast.
DOODLE Ich habe nicht aufgepasst?
ZIGGY In der Gegend bist du rumgerannt. Faxen hast du gemacht. Aufgepasst hast du nicht.

DOODLE Ich habe Spaß gehabt.
ZIGGY Du bist zu leichtsinnig. Du weißt nicht, was dir alles passieren kann. Du musst die Gefahren im Auge haben. Nicht nur unnütz in der Gegend rumhopsen.

Pause. Doodle setzt sich zu Ziggy.

ZIGGY Jetzt musst du zum Beispiel den Himmel beobachten.
DOODLE Den Himmel?
ZIGGY Ja.
DOODLE Wegen dem Stein.
ZIGGY Genau.

Sie beobachten den Himmel. Pause.

DOODLE Ziggy?
ZIGGY Ja?
DOODLE Reicht es jetzt?
ZIGGY Was?
DOODLE Mit dem Beobachten.
ZIGGY Du Kind. Du hast überhaupt nichts verstanden. Es reicht nicht. Natürlich reicht es nicht.
DOODLE Nein?
ZIGGY Nein.
DOODLE Warum?
ZIGGY Ist doch klar. Wegen dem Stein.
DOODLE Ach so.
ZIGGY Der kann immer kommen. Also musst du immer beobachten.
DOODLE Immer?
ZIGGY Immer.
DOODLE Jeden Tag?
ZIGGY Ja.
DOODLE Morgens mittags abends?

ZIGGY Ja.
DOODLE Auch nachts?
ZIGGY Ja.
DOODLE Jede Stunde? Jede Minute? Jede Sekunde?
ZIGGY Ja.
DOODLE Jede Millisekunde? Jede Millimillimillisekunde?
ZIGGY Auch dann.
DOODLE Oh. Da bleibt aber nicht mehr viel Zeit.
ZIGGY Zeit?
DOODLE Ja.
ZIGGY Wofür?
DOODLE Na, für das Leben.

Pause.

ZIGGY Doch. Das ist ja der Witz. Beobachtest du, bleibst du am Leben, beobachtest du nicht, passiert dir was.
DOODLE Beobachten macht keinen Spaß. Ich will Spaß haben.
ZIGGY Du Kind.
DOODLE In den Himmel gucken ist langweilig.
ZIGGY Es ist vielleicht langweilig, aber notwendig. Es ist besser, sich ein bisschen zu langweilen, als sich nicht mehr langweilen zu können.
DOODLE Es passiert nichts. Vorhin ist auch nichts passiert. Warum soll jetzt etwas passieren?
ZIGGY Man kann nie wissen.
DOODLE Ich glaube es nicht.
ZIGGY Es wäre möglich.
Pause.
Los. Weiter beobachten.
DOODLE Nein.
ZIGGY Du willst nicht?
DOODLE Nein.

ZIGGY Ich habe dich gewarnt. Sag nachher nicht, dass ich dich nicht gewarnt habe. Du kannst nicht nur Spaß haben. So ist die Welt nicht.
DOODLE Nein?
ZIGGY Nein.

Ziggy beobachtet den Himmel. Pause.

DOODLE Ziggy?
ZIGGY Ja?
DOODLE Kannst du nicht für uns beide –
ZIGGY Für beide?
DOODLE Wir wechseln uns ab. Dann kann immer einer von uns etwas Schönes tun.
ZIGGY Das geht nicht.
DOODLE Das geht nicht?
ZIGGY Nein.
DOODLE Warum?
ZIGGY Du bist nicht ich.
DOODLE Ich bin nicht du?
ZIGGY Du sitzt da und ich sitze hier. Wenn ich für dich gucke, kann ich nicht sehen, ob der Stein inzwischen auf mich runter kommt. Und dann ist es vielleicht schon zu spät.
DOODLE Ich kann das. Ich gucke für uns beide. Du kannst dich ganz auf mich verlassen. Mach, wozu du Lust hast. Dir wird nichts passieren. Ich passe auf uns auf.
ZIGGY Ich gucke lieber selber. Das ist sicherer.

Pause.

DOODLE Ziggy?
ZIGGY Ja?
DOODLE Wollen wir nicht lieber Ball spielen?

ZIGGY Man kann nicht immer tun, was man will.
DOODLE Du beobachtest jetzt die ganze Zeit –
ZIGGY Sei still. Du störst.

Pause.

DOODLE Und wenn der Stein gar nicht von oben kommt, was machst du dann?
ZIGGY Nicht von oben?
DOODLE Er könnte zum Beispiel von vorne kommen. Wenn er überhaupt kommt.
ZIGGY Von vorne?
Ziggy mustert das Publikum.
Du hast recht. Er könnte von vorne kommen. Wir müssen alle Gefahren im Auge haben. Los, hilf mir.
DOODLE Womit?
ZIGGY Wand bauen.
DOODLE Wand bauen?
ZIGGY Wand bauen. Zwischen die und uns.
Pause.
Wenn dann einer von denen einen Stein schmeißt, sind wir hinter der Wand. Da sind wir sicher.
DOODLE Wieso soll einer einen Stein schmeißen?
ZIGGY Man kann nie wissen.
DOODLE Das glaube ich nicht.
ZIGGY Es wäre möglich.
DOODLE Es wirft bestimmt keiner einen Stein.
ZIGGY Kein Einziger?
DOODLE Nein.
ZIGGY Du musst dich nur in einem täuschen und schon ist es passiert. Los, hilf mir.
DOODLE Ich will keine Wand.
ZIGGY Du willst keine Wand?
DOODLE Nein.

ZIGGY Wenn du mir nicht hilfst, darfst du auch nicht dahinter.

DOODLE Nicht dahinter?

ZIGGY Nicht dahinter.

DOODLE Das ist gemein.

ZIGGY Ich denke, du willst keine Wand.

DOODLE Will ich auch nicht.

ZIGGY Aber dahinter willst du?

DOODLE Wenn du gehst –

ZIGGY Du hast Angst.

DOODLE Habe ich nicht.

ZIGGY Du hast Angst. Ich sehe es.

Doodle schweigt.

Bau die Wand mit mir. Dann hast du keine Angst mehr. Eine Wand ist gut gegen Angst.

DOODLE Und dann gehen wir beide dahinter? Du und ich?

ZIGGY Klar. Ich und du.

DOODLE Ganz sicher?

ZIGGY Ganz sicher.

DOODLE Na gut.

Sie bauen die Wand.

ZIGGY So. Das hätten wir.

DOODLE Ja. Das hätten wir.

Pause. Doodle zeigt auf den Ball.

Spielst du mit?

ZIGGY Spielen?

DOODLE Ja.

ZIGGY Keine Zeit.

DOODLE Keine Zeit?

ZIGGY Wir müssen die beobachten.

DOODLE Wir haben doch die Wand.

ZIGGY Eine Wand ist gut. Eine Wand und beobachten ist besser. Man kann nie wissen.

DOODLE Beobachten. Jede Millimillisekunde beobachten. Jede Millimillimillimillimillisekunde. Jede Millimillimilli-millimillimilli –
ZIGGY Hör auf.
DOODLE Du spielst nicht mit?
ZIGGY Stör mich nicht. Ich habe Wichtiges zu tun.
DOODLE Vielleicht irgendwann.

Pause. Ziggy beobachtet das Publikum. Doodle rollt langsam den Ball an der Wand vorbei. Er versucht sein Spiel mit dem Publikum wieder aufzunehmen, ohne die Wand zu verlassen. Nach einer Weile.

ZIGGY Hör auf.
DOODLE Ich störe dich nicht.
ZIGGY Du darfst nicht weiterspielen. Du weißt nicht, ob sie das ausnutzen.

Doodle unterbricht sein Spiel.

DOODLE Ausnutzen?
ZIGGY Mir ist etwas eingefallen. Es ist wichtig. Wir haben etwas vergessen.
DOODLE Ja?
ZIGGY Du hast gesagt, der Stein kann von vorne kommen. Was aber, wenn er von hinten kommt?
DOODLE Von hinten?
ZIGGY Von hinten.
DOODLE Quatsch.
ZIGGY Es wäre möglich. Er könnte von hinten kommen.
DOODLE Da ist keiner.
ZIGGY Du siehst keinen?
DOODLE Nein.
ZIGGY Das ist ja der Witz. Hinterhältig. Erst siehst du keinen. Wenn du aber dann nicht aufpasst –
DOODLE Quatsch.

ZIGGY Und wenn sich einer hinschleicht? *Zeigt ins Publikum.* Wenn sich einer hinter uns und unsere Wand schleicht und den Stein von hinten wirft?
DOODLE Das macht keiner.
ZIGGY Wirklich nicht?
DOODLE Nein. Mit denen kann man Spaß haben –
ZIGGY Du Kind. Du weißt nicht, was sie dir tun können.
DOODLE Glaubst du wirklich, dass einer von denen –
ZIGGY Man kann nie wissen.
DOODLE Das glaube ich nicht.
ZIGGY Es wäre möglich. Los, hilf mir.
DOODLE Was willst du tun?
ZIGGY Wand bauen.
DOODLE Wand bauen?
ZIGGY Von hinten. Um uns herum. Auf allen Seiten.
DOODLE Auf allen Seiten? Auf allen Seiten Wand bauen?
ZIGGY Dann kann uns nichts passieren. Dann sind wir sicher.
DOODLE Es schleicht keiner rum.
ZIGGY Nein?
DOODLE Nein.
ZIGGY Kein einziger?
DOODLE Kein einziger.
ZIGGY Du musst dich nur in einem täuschen und schon ist es passiert.
DOODLE Ich will keine Wand hinter mir. Ich will keine Wand um mich herum. Ich will überhaupt keine Wand.
ZIGGY Es ist besser, eine Wand zu bauen, als keine Wand mehr bauen zu können.
DOODLE Wände machen keinen Spaß.
ZIGGY Man kann nicht immer Spaß haben.
Doodle schweigt.
Du willst nicht?
Doodle schweigt.
Wenn du mir nicht hilfst, baue ich eine Wand um mich.

DOODLE Nur um dich?
ZIGGY Nur um mich.
DOODLE Das ist gemein.
ZIGGY Wieso. Du willst doch keine Wand.
DOODLE Wenn du eine Wand um dich herum baust, kann ich nicht mehr zu dir. Wir können nichts mehr zusammen machen.
ZIGGY Du hast Angst.
DOODLE Habe ich nicht.
ZIGGY Du hast Angst. Ich sehe es.
DOODLE Ein bisschen.
ZIGGY Wenn wir die Wand um uns herum gebaut haben, sind wir sicher.
DOODLE Das hast du bei der ersten Wand auch gesagt.
ZIGGY Da hatten wir etwas vergessen. Jetzt stimmt es.
DOODLE Und dann gehen wir beide rein? Du und ich?
ZIGGY Klar. Ich und du.
DOODLE Ganz sicher?
ZIGGY Ganz sicher.
DOODLE Na gut.

Sie bauen eine Wand um sich herum.

ZIGGY So. Das hätten wir.
DOODLE Ja. Das hätten wir.

Pause.

ZIGGY Jetzt kannst du.
DOODLE Was?
ZIGGY Spaß haben. Du wolltest doch Spaß haben.
Pause.
Tun wir was.
DOODLE Was?

ZIGGY Spielen wir Ball. Du wolltest doch Ball spielen.
DOODLE Es geht nicht.
ZIGGY Nein?
DOODLE Die Wand ist im Weg.
ZIGGY Ja?
DOODLE Ja.

Pause.

ZIGGY Tun wir etwas anderes.
DOODLE Was?
ZIGGY Ich weiß nicht. Du hast doch immer die Ideen.
DOODLE Ich?
ZIGGY Ja.
DOODLE Ach so.
ZIGGY Also?
DOODLE Wir können uns die Gegend anschauen.
ZIGGY Das können wir. Wir können uns die Gegend anschauen.
DOODLE Zusammen. Du und ich. Wir spielen »Leute angucken«.
ZIGGY Leute angucken? Ja. Das ist gut.
DOODLE Guck mal der.
ZIGGY Der mit dem Finger in der Nase?
DOODLE Genau der.
ZIGGY Jetzt guckt er weg.
DOODLE Ganz rot ist er geworden.
ZIGGY Die anderen grinsen alle.
DOODLE Wir sollten sie alle anmalen. Rot, grün, blau –
ZIGGY *lacht* Und der Dicke da kriegt Punkte.
DOODLE Oja. Das ist gut. Punkte. Von oben bis unten Punkte. Nichts als Punktepunktepunkte.
ZIGGY Oder Streifen.
DOODLE Quadrate.

ZIGGY Dreiecke.
DOODLE Kreise.
ZIGGY Striche.
DOODLE Bäume.
ZIGGY Lampen.
DOODLE Gorillas.
ZIGGY Blumen.
DOODLE Fledermäuse.
ZIGGY Sofas.
DOODLE Landkarten.
ZIGGY Teesiebe!
DOODLE Steine! –
ZIGGY Rasenmäher!
Doodle schweigt.
Quetschpampelmusen!
Doodle schweigt.
Geburtstagsschleckertorten!
Ziggy lacht. Pause.
DOODLE Ziggy?
ZIGGY Ja?
Doodle schweigt.
Was ist denn?
DOODLE Nichts.
ZIGGY Nichts?
DOODLE Nichts.
ZIGGY Aber du wolltest doch etwas sagen.
DOODLE Ich?
ZIGGY Ja.
DOODLE Nein. Es war nur so ein Gedanke.
ZIGGY Aber vielleicht war er wichtig.
DOODLE Es ist besser, wenn du ihn nicht weißt.
ZIGGY Es ist besser, wenn ich ihn nicht weiß?
DOODLE Ja.
ZIGGY Das ist gemein.

DOODLE Nein, es ist gut.
ZIGGY Warum?
DOODLE Du hättest wieder Angst. Ich will nicht, dass du Angst hast.
ZIGGY Ich hätte Angst? Warum hätte ich Angst?
DOODLE Frag nicht weiter. Jetzt hast du Spaß und dann willst du bestimmt wieder eine Wand bauen.
ZIGGY Eine Wand? Noch eine Wand? Aber wohin? Es ist alles zu.
DOODLE Denk jetzt nicht weiter. Das ist nicht gut!
ZIGGY Ha! Wir haben die ganze Zeit den Himmel vergessen!
DOODLE/ZIGGY Ein Stein hätte uns erschlagen können.
DOODLE Es ist nichts passiert.
ZIGGY Glück gehabt.
DOODLE Siehst du.
ZIGGY Was heißt da »siehst du«?
DOODLE Ich habe gesagt, es passiert nichts und es ist nichts passiert.
ZIGGY Du hast recht gehabt.
DOODLE Siehst du.
ZIGGY Du hast das Richtige vorausgesagt.
DOODLE Siehst du.
ZIGGY Es war Zufall. Man hat nicht immer Glück im Leben.
DOODLE Es könnte aber sein.
ZIGGY Los, hilf mir.
DOODLE Nein –
ZIGGY Decke bauen.
DOODLE Quatsch.
ZIGGY Doch. Müssen wir.
DOODLE Es passiert nichts. Es ist die ganze Zeit nichts passiert und es wird auch nichts passieren.
ZIGGY Man kann nie wissen.
DOODLE Ich glaube es nicht.
ZIGGY Du weißt es nicht. Wir können nicht sicher sein, dass wir sicher sind.

Pause.

Es ist schlimm genug, dass wir die ganze Zeit so unvorsichtig waren.

DOODLE Mit einer Decke können wir nichts mehr sehen. Nicht mehr Ball spielen, keine Leute angucken, überhaupt gar keinen Spaß mehr haben.

ZIGGY Es ist besser eine Decke zu bauen, als keine Decke mehr bauen zu können. Du musst jetzt klug sein.

DOODLE Ich will nicht klug sein.

ZIGGY Das ist aber nicht klug.

DOODLE Ich will keine Decke. Ich will keine Deckedeckedecke. Ich will keine Deckedeckedeckedeckedecke-

ZIGGY Du willst keine Decke?

Doodle schweigt.

Wirklich nicht?

Doodle schweigt.

Dann baue ich sie eben alleine. Eine Decke für mich alleine.

DOODLE Tu das.

ZIGGY Du darfst dann aber nicht drunter.

DOODLE Mir egal.

ZIGGY Ich soll die Decke ganz alleine bauen?

Doodle schweigt.

Ich mache das.

Doodle schweigt.

Wie du willst.

Pause.

Bleib du ruhig hier draußen in der Gefahr stehen.

Pause.

Mir ist das egal.

Pause.

Du willst es ja nicht anders.

Pause.

Aber beklag dich nachher nicht, dass ich dich nicht gewarnt hätte.

Pause.
Wenn was passiert ist, wirst du dich sowieso nicht mehr beklagen können. Dazu ist es dann zu spät.

Pause. Ziggy summt beim Deckebauen und verschwindet nach und nach.

DOODLE Ziggy?
ZIGGY Redest du mit mir?
DOODLE Ja.
ZIGGY Du musst lauter sprechen, ich verstehe dich nicht.
Ziggy verschwindet ganz.
DOODLE Wie ist es denn da drinnen?
Ziggy antwortet nicht.
Fühlst du dich jetzt sicher? So ganz richtig sicher?
Pause.
Sag doch was.
Pause.
Du hast mich hier alleine stehen lassen.
Pause.
Ziggy?
Pause.
Redet nicht mehr. Hört mich nicht. Ist einfach gegangen. Ohne zu warten. Kann doch nicht einfach weg sein. Hallo! Hilfe! Hörst du mich? Du hast mich hier stehen lassen! Ganz alleine hier stehen lassen. Ziggy!

Eine Hand streckt sich nach oben. Doodle greift sie und lässt sich von ihr hinabziehen. Vier Hände bauen eine Decke über Doodles Platz.

Black.

2. Akt

Doodle und Ziggy in ihren Wänden.

DOODLE Es ist schrecklich.
ZIGGY Ja?
DOODLE Ich habe gedacht, du bist weg. Du bist weg für immer und hast mich alleine draußen stehen lassen.
ZIGGY Das hast du gedacht?
DOODLE Ja.
ZIGGY Du hattest Angst.
DOODLE Hatte ich nicht.
ZIGGY Doch, hattest du.
DOODLE Aber nur, weil du plötzlich weg warst. Nur ganz kurz.
ZIGGY Gut, dass ich dich reingeholt habe.
DOODLE Oja. Das ist gut.
ZIGGY Nett von mir.
DOODLE Nett von dir.
ZIGGY Sonst würdest du immer noch alleine draußen stehen und Angst haben.
Pause.
Hier kannst du dich wohlfühlen. Wohl und sicher. Wie ich es dir gesagt habe.
DOODLE Wir können zwar nicht Ball spielen und keine Leute anmalen, aber vielleicht fällt uns etwas ein. Wir sind zusammen. Du und ich. Wir können etwas zusammen tun.
ZIGGY Das können wir.
Pause.
Ich habe gewusst, dass du nachkommst.
DOODLE Du hast gewusst – ?
ZIGGY Natürlich.
DOODLE Warum?
ZIGGY Ich kenne dich.

DOODLE Du hast nicht gedacht, dass ich vielleicht draußen bleibe?
ZIGGY Nein.
DOODLE Keine Sekunde?
ZIGGY Keine Millisekunde.
DOODLE Oh.
ZIGGY Es war klar. Vollkommen klar.
Doodle schweigt.
Weil du nicht alleine sein kannst. Weil du Angst hast.

Pause.

DOODLE Was machen wir jetzt?
ZIGGY Du hast doch immer die Ideen.
DOODLE Ach ja.
ZIGGY Also?
DOODLE Ich weiß nicht.
ZIGGY Du weißt nicht?
DOODLE Nein. Es fällt mir nichts ein.

Doodle klammert sich gedankenverloren an seinen Ball.

ZIGGY Du hast den Ball mit rein genommen.
DOODLE Ja.
ZIGGY Warum?
DOODLE Darum.
ZIGGY Du brauchst ihn nicht mehr.
DOODLE Doch.
ZIGGY Nein.
DOODLE Als Erinnerung.
ZIGGY Als Erinnerung?
DOODLE Ich kann ihn angucken. Dann schließe ich die Augen und spiele im Kopf.
ZIGGY Im Kopf?

DOODLE Ja.
ZIGGY Der Ball ist dann in deinem Kopf?
DOODLE Es ist ein anderer Ball. Er sieht genauso aus. Man kann ihn nur nicht anfassen.
ZIGGY Also kein echter.
DOODLE Nicht so einer. Nein.
ZIGGY Und mit dem spielst du?
DOODLE Wenn ich will.
ZIGGY Mach mal.
Doodle schließt die Augen. Pause.
Es passiert ja gar nichts.
DOODLE Pssst! Ich muss mich konzentrieren.

Pause.

ZIGGY Es passiert immer noch nichts. Du hast gelogen. Es geht nicht. Du kannst nicht mit ihm spielen.
DOODLE Ui! PAFF – ZACK – PENG! Wow! Super Schuss!
ZIGGY Wo?
DOODLE Und WUMM!
ZIGGY Wo denn?
DOODLE Du musst die Augen zumachen. Dann geht es von alleine los.
ZACK – rollrollrollroll – PIFF – und mitten in den – SPRITZ! Hast du es gesehen?
ZIGGY Nein.
DOODLE Ui, na ob das gut geht. Eujeujeu –
ZIGGY Wo –
DOODLE WUMM! Splittersplittersplitter. Habe ich es mir doch gedacht.
ZIGGY Was?
DOODLE Guck doch hin. Nichts wie weg hier, da kommt der – uijuijui –
ZIGGY Ich finde das Spiel doof.

DOODLE Soll ich jetzt lieber hier lang oder da –

ZIGGY Hör auf.

DOODLE Hier lang, das ist besser –

ZIGGY Du sollst aufhören!

DOODLE Geht schneller hier lang – viel schneller hier lang –

ZIGGY Der Ball muss raus.

DOODLE *öffnet die Augen* Der Ball muss raus?

ZIGGY Ja.

DOODLE Aber wieso denn?

ZIGGY Er braucht zuviel Platz.

DOODLE Nein.

ZIGGY Der Ball ist überflüssig. Er ist unnütz. Wir können nichts damit anfangen. Du wirst ihn nicht benutzen können.

DOODLE Ich kann ihn angucken.

ZIGGY Angucken. So was Doofes.

Doodle schweigt.

Du willst den ganzen Tag den Ball angucken?

DOODLE Ab und zu.

ZIGGY Das würde ich nie tun.

DOODLE Nein? Ich bin doch nicht doof. Ich guck mir doch nicht irgendeinen Ball an. Nicht einmal ab und zu.

DOODLE Es ist nicht irgendein Ball.

ZIGGY Er ist genauso wie alle anderen.

DOODLE Ist er nicht.

ZIGGY Es ist ein ganz gewöhnlicher. Ein stinknormaler Ball.

DOODLE Es ist meiner. Er hat schon viel erlebt.

ZIGGY Ein Ball kann nichts erleben.

DOODLE Ein Ball kann nichts erleben?

ZIGGY Nein.

DOODLE Ich glaube doch.

ZIGGY Du spinnst.

DOODLE Fragen wir ihn.

ZIGGY Wen?

DOODLE Ihn.
ZIGGY Den Ball?
DOODLE Ja.
ZIGGY Das geht nicht.
Doodle hält sich den Ball ans Ohr und horcht.
Was machst du da?
Doodle schweigt.
Er kann nicht sprechen.
Doodle schweigt.
Es ist ein Ball. Ein ganz gewöhnlicher Ball. Ein Ball kann nicht sprechen.
DOODLE Er spricht aber.
ZIGGY Ich höre nichts.
DOODLE Mit dir redet er ja auch nicht.

Pause. Doodle hört dem Ball zu.

ZIGGY Was sagt er denn?
DOODLE Was er erlebt hat.
ZIGGY Was hat er denn erlebt?
DOODLE Das darf ich nicht sagen.
ZIGGY Das darfst du nicht sagen?
DOODLE Nein. Es ist ein Geheimnis.
ZIGGY Ein Geheimnis? Du hast ein Geheimnis mit einem lächerlichen Ball?
Doodle schweigt.
Er muss hier raus. Er braucht zuviel Platz.
DOODLE Braucht er nicht.
ZIGGY Braucht er doch.
DOODLE Er ist ganz klein.
ZIGGY Er ist zu groß.
DOODLE Ich setze mich auf ihn. Dann siehst du ihn nicht. Für dich ist es, als wenn er weg wäre.
ZIGGY Er ist aber nicht weg.
DOODLE Er wird dich nicht stören.

ZIGGY Du musst jetzt klug sein. Er muss raus. Was sein muss, muss sein. Punkt um.

DOODLE Punkt wieder weg.

ZIGGY Wir brauchen den Platz selber. Es ist zu eng für drei. Drei passen nicht rein.

DOODLE Du hast gesagt, es ist ein lächerlicher Ball. Für dich sind also nur zwei da. Du und ich. Zwei passen rein. Es ist also nicht zu eng.

Ziggy schweigt. Und schweigt.

Ich lasse die Luft raus. Dann nimmt er fast überhaupt gar keinen Platz mehr ein. Dann stört er dich fast überhaupt gar nicht mehr.

Ziggy schweigt.

Gut, oder?

Ziggy schweigt.

Es ist zwar nicht das gleiche, wie wenn die Luft drinnen wäre, aber immerhin.

ZIGGY Du Kind.

DOODLE Kind?

ZIGGY Ohne Luft ist der Ball nichts mehr wert. Wenn etwas nichts mehr wert ist, kann es genauso gut weg sein. Besonders wenn das Etwas Platz einnimmt.

Doodle schweigt.

Also, was ist jetzt? Ist der Ball bald draußen oder nicht?

DOODLE Ich kann doch nicht einfach –

ZIGGY Du musst.

DOODLE Ich muss?

ZIGGY Du musst.

DOODLE Es geht nicht.

ZIGGY Soso. Es geht nicht.

DOODLE Ich kann es nicht.

ZIGGY Ich helfe dir. Gib her.

DOODLE Fass ihn nicht an!

ZIGGY Wie redest du mit mir?

DOODLE Du darfst ihn nicht anfassen. Er mag dich nicht. Hat er gesagt.

ZIGGY Jetzt reicht es. Schluss mit dem Quatsch. Es wird nicht mehr diskutiert. Gib sofort den Ball her.

Doodle schweigt.

Na, wird's bald.

Doodle schweigt.

Wenn du nicht sofort den Ball hergibst, dann –

DOODLE Dann?

ZIGGY Passiert etwas.

DOODLE Was?

ZIGGY Etwas ganz Schreckliches.

DOODLE Etwas ganz Schreckliches?

ZIGGY Etwas ganz ganz ganz Schreckliches.

Pause.

Es ist besser für dich, wenn du jetzt tust, was ich dir sage.

Pause.

Ich habe dich gewarnt.

Pause.

Du willst immer noch nicht?

Pause.

Hoffentlich hast du dir gut überlegt, was du da tust. Du weißt nicht, was du wegen diesem lächerlichen Ding anrichtest.

Pause.

Also gut. Ich gebe dir noch eine Chance. Weil ich dich mag. Wenn du willst, dass ich noch dein Freund bin, dann gibst du mir jetzt den Ball.

Pause.

Ich warne dich. Es ist die letzte Möglichkeit.

Pause.

Die allerletzte.

Pause.

DOODLE Nein.
ZIGGY Nein?
DOODLE Es geht nicht. Ich kann es nicht.
ZIGGY Du bist also nicht mehr mein Freund. Das tut mir leid. Aber du wolltest es ja nicht anders.
DOODLE Ich wollte es nicht anders?
ZIGGY Du hättest nur den lächerlichen Ball aufgeben müssen. Ich wusste nicht, dass er dir mehr wert ist als ich.

Pause.

DOODLE Was machen wir jetzt?
ZIGGY Wir werden nichts mehr zusammen machen.
DOODLE Nichts mehr?
ZIGGY Nein.
DOODLE Gar nichts mehr? Nie?
ZIGGY Nie. Überhaupt nie mehr.

Pause.

DOODLE Schade.
ZIGGY Du musst jetzt gehen.
DOODLE Gehen?
ZIGGY Rausgehen. Ganz alleine rausgehen. Es ist nicht genug Platz für beide. Ich war zuerst da. Also musst du gehen.
Doodle schweigt.
Du traust dich nicht. Du hast Angst. Angst vor der gefährlichen Welt. Ist ja klar.
DOODLE Ich soll gehen? Wirklich gehen? Einfach gehen?
ZIGGY Es ist mir egal, was mit dir passiert. Mir ganz egal. Mir ganzganzganzganz egal.

Pause. Pause. Pause.

DOODLE Oh.

ZIGGY Vielleicht erschlägt dich ja ein Stein. Aber das hättest du dir früher überlegen sollen. Ich habe dich gewarnt. Du wirst noch an mich denken.

DOODLE Das werde ich.

ZIGGY Geh jetzt.

DOODLE Ja

ZIGGY Du gehst?

DOODLE Ja.

Pause.

Ziggy?

ZIGGY Ja?

DOODLE Es war schön mit dir.

Ziggy schweigt.

Schade.

Pause.

Das mit dem Stein ist nicht so schlimm. Die fallen nicht einfach so vom Himmel.

ZIGGY Wir werden sehen.

DOODLE Werden wir.

ZIGGY Nur nicht zusammen.

DOODLE Nein.

Pause.

Ich gehe jetzt.

Ziggy schweigt.

Leb wohl.

Ziggy antwortet nicht. Doodle geht und nimmt seinen Ball mit.

ZIGGY Du kannst mir ja Bescheid sagen, wegen dem Stein, irgendwann –

Black.

3. Akt

Ziggy in den Wänden, die Arme um die Knie geschlungen.

ZIGGY Doodle?
Keine Antwort.
Doodle?
Keine Antwort.
Du kannst ruhig antworten. Ich weiß, dass du da draußen bist.
Keine Antwort.
Versteckt sich. Denkt, ich weiß nicht, wo er ist. Denkt, ich weiß nicht, dass er ganz alleine da sitzt und sich wünscht, er wäre nicht gegangen.
Pause.
Doodle?
Keine Antwort.
Du kannst wieder kommen. Komm rein, wenn du dich fürchtest. Ich schmeiße dich nicht wieder raus. Ich weiß, dass du nicht gerne alleine bist.
Pause.
Du tust nur so, als ob du nicht da wärest. Ich habe dich durchschaut. Ich durchschaue dich immer.
Pause.
Ach so, du machst Spaß. Ich soll denken, dass du weg bist. Und dann überraschst du mich. Guter Witz. Wirklich guter Witz. Aber hör jetzt mit dem Spaß auf. Es ist gefährlich da draußen. Jeden Moment kann etwas passieren. Jede Minute, jede Sekunde, jede Millisekunde.
Pause.
Doodle! Hörst du, Doodle? –
Pause.
Wenn du nicht antwortest, darfst du nicht wiederkommen.
Pause.

Ich kann mir genau vorstellen, wie du da draußen ganz alleine herumsitzt und Angst hast. Immer hast du Angst. Angsthase. Angstangstangsthase.
Pause.
Doodle?
Keine Antwort.
Es ist nicht mehr witzig.
Keine Antwort.
Was hat er bloß? Warum antwortet er nicht?
Pause.
Ist etwas passiert? Doodle! – Vielleicht will er antworten und kann nicht? – Doodle! Sag doch was!
Pause.
War da nicht vorhin ein Geräusch? Ein höchstschreckliches Geräusch? Als wenn ein Stein – Doodle! Lebst du noch?
Pause.
Nichts. Kein Ton. Tot. Mausetot?
Pause.
Ich hätte ihn nicht rausschicken dürfen. Wäre er doch hiergeblieben. Jetzt ist es zu spät. Er ist weg. Kein Leuteanmalen mehr. Doodle war der liebste Mensch der Welt.
Pause.
Dieser blöde Ball. An allem ist dieser blöde Ball schuld. Der Ball hat alles kaputt gemacht.
Der Ball rollt rein.
Du musst nichts sagen. Ich weiß schon, dass es mit Doodle aus ist.
Der Ball schweigt.
Er wollte gar nichts sagen. Er redet nicht mit mir. Er mag mich nicht. Doodle hat gesagt, er redet nur mit Leuten, die er mag. Dummes Ding.
Pause.
Tut mir leid.
Ziggy nimmt den Ball in den Arm.

Ich werde dich aufbewahren. Du bist eine Erinnerung.
Ziggy lehnt den Kopf auf den Ball und weint leise. Pause. Es kichert.

STIMME Doodle ist nicht tot.

ZIGGY *zum Ball* Doodle ist nicht tot?

STIMME Nein.

ZIGGY Es ist ihm nichts passiert? Er lebt?

STIMME Natürlich lebt er.

ZIGGY Er lebt! Wo ist er! Warum ist er nicht hier? Hast du ihm gesagt, dass er wiederkommen kann?

STIMME Er ist gegangen.

ZIGGY Gegangen?

STIMME Ja.

ZIGGY Wohin?

STIMME Weg.

ZIGGY Weg?

STIMME Weg.

ZIGGY Warum?

STIMME Du hast ihn weggeschickt.

ZIGGY Aber das habe ich doch nur so gesagt –

STIMME Das hast du nur so gesagt?

Pause.

ZIGGY Ich will ihn sehen. Er soll wiederkommen. Doodle soll wiederkommen.

STIMME Er kommt nicht wieder.

ZIGGY Nicht wieder? Nie wieder?
Die Stimme schweigt.
Oh.

STIMME Er kommt nicht. Du musst kommen.

ZIGGY Ich?

STIMME Ja.

ZIGGY Wohin?

STIMME Nach draußen. Ins Freie.

ZIGGY Das geht nicht. Es ist gefährlich.

Die Stimme schweigt.

Hörst du. Es geht nicht. Es ist gefährlich.

Die Stimme schweigt.

Hier bin ich sicher. Es ist wichtig, sicher zu sein.

STIMME Es ist langweilig.

ZIGGY Es ist langweilig?

STIMME Es passiert nichts.

ZIGGY Eben.

STIMME Es passiert nichts Schreckliches, aber auch nichts Schönes. Man kann nichts sehen. Man kann nicht Ball spielen. Man kann keine Leute anmalen. Man kann überhaupt gar keinen Spaß mehr haben.

ZIGGY Das hat Doodle auch immer gesagt.

STIMME Wir sind oft einer Meinung.

Pause.

Kommst du nun raus?

Ziggy schweigt.

Hier ist es schön.

ZIGGY Woher willst du denn das wissen? Du bist doch drinnen. Genau wie ich.

STIMME Ich bin doch nicht drinnen. Ich bin hier draußen.

Pause.

ZIGGY Doodle?

DOODLE Ja?

ZIGGY Bist du es?

DOODLE Ja.

ZIGGY Du bist da?

DOODLE Ich glaube schon.

ZIGGY Er hat gesagt, du kommst nicht wieder.

DOODLE Der Ball?

ZIGGY Ja.

DOODLE Er kann nicht sprechen.

ZIGGY Er kann nicht sprechen?

DOODLE Es ist ein Ball. Ein Ball kann nicht sprechen.

ZIGGY Er spricht aber. Ich habe es genau gehört.

Doodle kichert. Pause.

Du bist gemein. Ganz gemein bist du. Du bist der gemeinste Mensch der Welt.

DOODLE Eben hast du noch etwas ganz anderes gesagt.

ZIGGY Du hast gelauscht. Das tut man nicht.

DOODLE Es war schön. Das mit dem liebsten Menschen hast du noch nie gesagt.

Ziggy schweigt.

Komm raus. Wir malen weiter Leute an. Wir haben noch keinen mit Regenbogen. Guck mal, der da in der Ecke, das wäre der Richtige für Regenbogen.

ZIGGY Welcher?

DOODLE Der da.

ZIGGY Ich sehe ihn nicht.

DOODLE Da drinnen kannst du ihn nicht sehen. Du musst rauskommen.

ZIGGY Das geht nicht.

DOODLE Und wenn wir den fertig haben, dann kommen Schildkröten. Von oben bis unten Schildkrötenschildkrötenschildkröten. Ziggy, welchen nehmen wir für die Schildkröten?

ZIGGY Schildkröten? Ich weiß nicht.

DOODLE Guck doch hin. Du musst hingucken.

ZIGGY Es geht nicht.

DOODLE Du hast Angst.

ZIGGY Habe ich nicht.

DOODLE Du hast Angst. Ich weiß es.

ZIGGY Vielleicht ein bisschen.

DOODLE Das macht nichts. Ein bisschen Angst macht nichts.

ZIGGY Es macht nichts?

DOODLE Ein bisschen Angst hat jeder. Denk nicht dran. Wenn du daran denkst, kannst du keine Menschen anmalen.

ZIGGY Ich muss alle Gefahren im Auge haben. Jede Minute, jede Sekunde. Ein Stein könnte mich erschlagen.

DOODLE Du kannst es nicht verhindern.

ZIGGY Hier bin ich sicher.

DOODLE Und wenn der Stein ganz groß ist?

ZIGGY Ganz groß?

DOODLE Dann sind deine Wände Matsch. Und du auch.

Pause.

ZIGGY Ich muss noch dickere Wände bauen. Ich muss mich eingraben.

DOODLE Und wenn der Stein ganzganzganzganz groß ist? Dann ist trotzdem alles Matsch. Und du auch.

ZIGGY Hör auf. Du machst mir Angst.

DOODLE Ich mache dir Angst?

ZIGGY Ja.

DOODLE Die Welt macht dir Angst.

ZIGGY Die Welt?

DOODLE Weil man nichts tun kann. Weil man gegen ganz große Steine überhaupt nichts tun kann. Wenn sie kommen, kommen sie einfach.

Ziggy schweigt.

Es ist besser, Menschen anzumalen, als auf Steine zu warten. Du kannst deine Decke abbauen.

ZIGGY Abbauen?

DOODLE Sie nützt nichts. Wenn etwas nichts nützt, kann es genauso gut weg sein.

Keine Reaktion.

Du musst keine Angst haben. Ganz große Steine sind nicht so häufig.

ZIGGY Nicht so häufig?

DOODLE Nein.

ZIGGY Woher willst du das wissen?

DOODLE Ich habe andere Leute getroffen. Leute wie du und ich. Die haben das gesagt.

ZIGGY Du hast andere Leute getroffen?

DOODLE Viele. Sie waren alle ohne Decke.

ZIGGY Keiner mit Decke?

DOODLE Die mit Decke kann man nicht sprechen. Keiner sieht sie und sie sehen auch keinen. Sie leben nur vor sich hin.

ZIGGY Sie sind ganz alleine?

DOODLE Ganzganz alleine.

ZIGGY Das ist traurig.

DOODLE Ja.

Pause.

Los.

ZIGGY Was?

DOODLE Decke abbauen.

ZIGGY Decke abbauen?

DOODLE Ja.

ZIGGY Bist du sicher?

DOODLE Komm.

Doodle reicht Ziggy die Hand. Ziggy ergreift sie. Die Decke stürzt zusammen.

ZIGGY Hier ist es sehr hell.

DOODLE Schön ist es.

ZIGGY Die Leute –

DOODLE Was ist mit ihnen?

ZIGGY Wenn sie jetzt einen Stein schmeißen –

DOODLE Das macht nichts.

ZIGGY Das macht nichts?

DOODLE Du hast doch die Wand. Wenn einer einen Stein schmeißt, bist du sicher.

ZIGGY Aber du. Du bist nicht sicher. Komm zu mir.

DOODLE Du hast Angst.

ZIGGY Habe ich nicht.

DOODLE Um mich. Vorhin hattest du auch Angst um mich.

ZIGGY Hatte ich nicht.

DOODLE Doch, hattest du.

ZIGGY Aber nur weil ich dachte, du wärest – und nur ganz kurz.

DOODLE Das ist schön.

ZIGGY Schön?

DOODLE Ja. Schönschönschön.

Sie schweigen.

ZIGGY Komm jetzt.

DOODLE Nein.

ZIGGY Du kommst nicht?

DOODLE Nein. Ich bin sicher. Wir haben ein Abkommen. Die und ich.

ZIGGY Ein Abkommen?

DOODLE Ja. Ich male sie an. Ich spiele mit ihnen. Sie spielen mit mir. Und werfen keine Steine.

ZIGGY Haben sie das gesagt?

DOODLE Du kannst sie fragen.

ZIGGY Ich soll sie fragen?

DOODLE Ja.

ZIGGY Nein. Das geht nicht.

DOODLE Warum?

ZIGGY Ich kenne sie nicht. Sie reden nicht mit mir. Sie haben noch nie mit mir geredet.

DOODLE Sie konnten nicht. Du warst weg. Sie haben dich nicht gesehen.

ZIGGY Aber jetzt bin ich hier. Sie können mit mir reden.

Pause.

Sie tun es nicht.

DOODLE Sie wollen nicht.

ZIGGY Sie wollen nicht?

DOODLE Nein. Weil du vielleicht mit Steinen schmeißt.

ZIGGY Ich? Ich schmeiße mit Steinen?

DOODLE Man kann nie wissen.

ZIGGY Quatsch.

DOODLE Es wäre möglich.

ZIGGY Ich habe keine Steine.

DOODLE Du bist nicht hier. Du bist nicht hier wie wir.

Du bist hinter der Wand. Hinter der Wand kannst du Steine haben.

ZIGGY Habe ich aber nicht.

DOODLE Sie wissen es nicht.

ZIGGY Ich sage es doch.

DOODLE Sie glauben es nicht.

ZIGGY Es stimmt aber.

DOODLE Sie kennen dich nicht. Vielleicht haben sie Angst vor dir.

ZIGGY Angst? Angst vor mir?

DOODLE Es könnte sein.

ZIGGY Sie müssen keine Angst haben. Ich tue ihnen nichts.

DOODLE Vielleicht hast du ganz viele Steine – ganz viele große Steine –

ZIGGY Ich habe keine Steine.

DOODLE Doch hast du.

ZIGGY Habe ich nicht.

DOODLE Ich glaube doch.

ZIGGY Guck doch – hier – keine einziger Stein – gar kein Stein – überhaupt gar kein Stein –

In seiner Beweiswut reißt Ziggy die Wand nieder und bleibt dann konsterniert stehen.
Meine Wände – alles kaputt –
DOODLE Komm her.

Ziggy versteckt sich hinter Doodles Rücken.

ZIGGY Wenn sie jetzt –
DOODLE Du wirst sehen, sie tun dir nichts.
ZIGGY Wir werden sehen. Du und ich.
DOODLE Werden wir. Du und ich.

Licht ausblenden.

Pompinien

Personen

NOLA
TANIL
SIE

Nola und Tanil. Im Hintergrund ihr Schuppen.

NOLA Gleich kommt sie, Tanil. Es kann nicht mehr lange sein. Ich bin sicher.

TANIL Sie wird sich schon bemerkbar machen, Nola.

NOLA Sie soll nicht kommen.

TANIL Nein.

NOLA Sie tut es trotzdem. Sie kommt einfach.

TANIL Ich weiß.

NOLA Nichts zu machen.

TANIL Nein.

Pause.

NOLA Nichts zu machen?

TANIL Nichts.

NOLA Warum nicht.

TANIL Du hast sie bestellt.

NOLA Habe ich?

TANIL Ja.

NOLA Das ist schlecht.

TANIL Du wolltest nach Pompinien. Ans andere Ende der Welt. Du wolltest, dass sie dich mitnimmt.

NOLA Ja.

TANIL Siehst du.

NOLA Ich wollte.

TANIL Jetzt willst du nicht?

NOLA Nein.

TANIL Es ist zu spät. Sie wird gleich hier sein.

NOLA Wir können sie nicht abbestellen?

TANIL Alles ist schon so lange geplant, Nola. Man kann sich nicht plötzlich umentscheiden. Man kann sie nicht einfach abbestellen.

NOLA Vielleicht können wir sie umbestellen. Auf morgen, übermorgen oder irgendwann.

TANIL Es geht nicht.
NOLA Aber es wäre doch jetzt viel besser.
TANIL Das stimmt.

Pause.

NOLA Nicht abbestellen, nicht umbestellen, überhaupt nichts?
TANIL Vielleicht abstellen. Wenn sie kommt, stellen wir sie ab. In den Schuppen oder so.
NOLA Gute Idee. In den Schuppen mit ihr. Und Tür zu.
TANIL Schloss davor.
NOLA Schlüssel rein.
TANIL Und umdrehen.

Pause.

TANIL Dann ist sie weg.
NOLA Und ich bleibe da.
TANIL Du bleibst hier.
NOLA Einfach da. So wie jetzt. Wir beide zusammen. Morgen auch, übermorgen und immer so weiter.

Pause.

TANIL Es geht nicht.
NOLA Ich weiß.
TANIL Sie lässt sich nicht umbestellen.
NOLA Warum musstest du das jetzt sagen.
TANIL Sie kommt und nimmt dich mit und dann bist du weg.
NOLA Ich weiß doch.

Pause.

TANIL Du kommst aber wieder.

NOLA Nach einer ganz langen Zeit. Länger als man denken kann.

TANIL Du hast es so mit ihr abgemacht.

NOLA Sie hat gesagt, entweder eine ganz lange Zeit oder gar nicht. Was hätte ich denn machen sollen?

TANIL Du hättest es dir überlegen können. Keiner hat gesagt, dass du nach Pompinien musst.

NOLA Doch.

TANIL Wer?

NOLA Du.

TANIL Ich?

NOLA Ja. Du hast gesagt, es ist schön dort. Du hast gesagt, Pompinien ist wie Safari und Schwarzwälderkirschtorte auf einmal.

TANIL Wie Safari und Schwarzwälderkirschtorte auf einmal. Das trifft es. Das trifft es genau.

NOLA Du hast gesagt, man muss da hin. Wegen der Erfahrung. Man muss mal woanders gelebt haben. Neue Leute kennenlernen, ein neues Land. Alleine zurechtkommen. Das hast du gesagt.

TANIL Vielleicht.

Pause.

NOLA Die Chance wahrnehmen hast du gesagt.

TANIL Ist ja schon gut.

Pause.

NOLA Wer weiß, ob die Gelegenheit noch mal kommt, hast du gesagt.

TANIL Ist ja schon gut.

Pause.

NOLA Hättest du das nicht gesagt, würde sie nicht gleich kommen und mich mitnehmen.
TANIL Würde sie doch.
NOLA Warum.
TANIL Wegen deinem Kopf. Er wollte nach Pompinien.
NOLA Mein Kopf? Das kann nicht sein.
TANIL Ich weiß es genau. Weil du soviel phantasiert hast. Von der Landschaft. Von der Sprache. Von den Ideen, die die Leute dort haben. Dein Kopf wollte nach Pompinien.
NOLA Vielleicht.
TANIL Du bist selber schuld, dass sie gleich kommt.
NOLA Nein. Nicht ich. Nur mein Kopf.

Pause.

TANIL Dummer Kopf.
NOLA Er konnte ja nicht wissen, was passiert.
TANIL Trotzdem.
NOLA Dein Kopf ist genauso dumm. Er wollte ja auch, dass ich nach Pompinien gehe.
TANIL Er konnte ja nicht wissen, was passiert.

Pause.

NOLA Tanil, mein Herz.
TANIL Was ist damit?
NOLA Es tut weh.
TANIL Schon wieder.
NOLA Es ist krank.
TANIL Ich weiß.
NOLA Was es wohl hat?

Pause.

NOLA Warum kommst du nicht mit nach Pompinien.

TANIL Frag nicht immer.

NOLA Aber warum.

TANIL Ich habe es dir schon gesagt. Es geht nicht. Sie hat mich nicht gefragt. Sie hat nur dich gefragt.

NOLA Ich tue dich in meine Bauchtasche. Sie wird dich nicht sehen.

TANIL Ich bin zu groß. Da passe ich nicht rein.

NOLA Und wenn wir in Pompinien sind, lasse ich dich wieder raus.

TANIL Ich passe nicht rein.

NOLA Und dann sind wir beide da.

TANIL Es geht nicht. Sie würde es merken und verbieten.

NOLA Aber warum. Wie kann man so was verbieten?

Pause.

TANIL Wir hatten eine schöne Zeit.

NOLA Oh ja.

TANIL Stell dir vor, wir hätten uns verpasst.

NOLA Oh nein.

TANIL Wären einfach aneinander vorbeigegangen.

NOLA Oh nein.

TANIL Ohne zu gucken.

NOLA Oh nein.

TANIL Es ist viel besser so.

NOLA Oh ja.

TANIL Wir haben viel Spaß gehabt.

NOLA Oh ja.

TANIL Viel erlebt.

NOLA Oh ja.

TANIL Es könnte ewig so weitergehen.

NOLA Oh ja. Es wird ewig so weitergehen.

TANIL Wird es nicht.

NOLA Warum?

TANIL Sie kommt und nimmt dich mit.

Pause.

NOLA Warum musstest du das jetzt sagen.
TANIL Sie kommt und nimmt dich mit. Und dann bist du weg.
NOLA Ich hatte es gerade vergessen.

Pause.

TANIL Du willst gar nicht hier bleiben.
NOLA Doch.
TANIL Du willst nicht nach Pompinien?
NOLA Doch.
TANIL Also was.
NOLA Beides. Hier bleiben und weggehen. Ich will hin, aber ich kann nicht weggehen.
TANIL Sie wird dich mitnehmen, Nola. Es wird nicht so schwer für dich werden.
NOLA Doch. Meine Beine. Sie können nicht mehr gehen.
TANIL Sie können nicht gehen?
NOLA Nein. Sie wollen nicht. Sie gehen nicht von hier weg.
TANIL Du musst nichts machen. Sie wird dich hinter sich herziehen. Es ist wie im Traum.
NOLA Ich gehe nicht.
TANIL Wie beim Zugfahren. Die Tür klappt zu und schon bist du weg. Und bevor du es begreifst, bist du da. In Pompinien.
NOLA Ich werde nicht da sein. Ich werde hier sein.
TANIL Deine Beine werden da sein. Und dein Kopf auch.
NOLA Mein Kopf nicht. Mein Kopf bleibt hier.
TANIL Vielleicht eine Weile lang.
NOLA Immer.

TANIL Immer ist ein langes Wort.
NOLA Zehn Buchstaben.
TANIL Vier.
NOLA Oder zwanzig.

Pause.

NOLA Es hat keinen Sinn zu gehen, Tanil. Wenn mein Kopf hier bleibt. Was sollen meine Beine alleine dort.
TANIL Sie werden nicht lange alleine sein. Sie werden andere Beine kennenlernen. Und dann wird dein Kopf auch da sein.
NOLA Ich habe dir schon gesagt, er bleibt hier.
TANIL Woher willst du wissen, was dein Kopf tut?
NOLA Er muss hier bleiben. Irgendetwas muss hier bleiben.

Pause.

TANIL Das Bild.
NOLA Bild?
TANIL Das du für mich gemalt hast. Es bleibt hier.
NOLA Das Bild. Was ist das schon. Ein Papier. Nur ein Papier.
TANIL Ein schönes Papier.
NOLA Für die Müllhalde.
TANIL Ein wunderschönes Papier.
NOLA Für den Schrottplatz.
TANIL Ich hänge es in den Schuppen über mein Bett.
NOLA Zum Verbrennen. Taugt nichts.
TANIL Oh doch.
NOLA Was kannst du damit machen?
TANIL Ich kann es angucken, zum Beispiel.
NOLA Toll.
TANIL Und dann denke ich an dich.
NOLA Was nützt dir das?
TANIL Es ist schön.

NOLA Aber ich bin weg.
TANIL Trotzdem schön.
NOLA Schön schrecklich.

Pause.

NOLA Es guckt dich nicht an, wenn du es anguckst.
TANIL Nein.
NOLA Es hält dich nicht fest.
TANIL Nein.
NOLA Es spricht nicht mit dir.
TANIL Nein.
NOLA Es kuschelt sich nicht an dich.
TANIL Nein.
NOLA Es heult sich nicht bei dir aus.
TANIL Nein.
NOLA Es erzählt dir keine Witze.
TANIL Nein.
NOLA Es umarmt dich nicht.
TANIL Nein.
NOLA Es tröstet dich nicht.
TANIL Nein.
NOLA Es lacht dich nicht an.
TANIL Nein.
NOLA Es schimpft nicht mit dir.
TANIL Nein.
NOLA Es ärgert dich nicht.
TANIL Nein.
NOLA Es tut dir nicht weh.
TANIL Nein.
NOLA Also was nützt es dir.

Pause.

TANIL Es ist kein Ersatz.

NOLA Siehst du.
TANIL Ich werde keinen Ersatz haben.
NOLA Nein.
TANIL Es gibt keinen Ersatz.
NOLA Nein.
TANIL Überhaupt keinen Ersatz.

Pause.

TANIL Geh nicht.
NOLA Doch.
TANIL Geh nicht.
NOLA Ich muss.
TANIL Geh nicht.
NOLA Alles ist schon so lange geplant, Tanil. Man kann sich nicht plötzlich umentscheiden.
TANIL Geh nicht.
NOLA Gleich kommt sie und nimmt mich mit.
TANIL Es geht nicht.

Pause.

NOLA Wir haben das Rohr. Von hier bis nach Pompinien. Ein Rohr bis ans andere Ende der Welt.
TANIL Das Rohr. Was ist das schon.
NOLA Es ist nützlich.
TANIL Es ist Plastik.
NOLA Wir können miteinander reden.
TANIL Totes Plastik.
NOLA Du kannst mich hören.
TANIL Ich kann dich nicht sehen.
NOLA Nein.
TANIL Nicht riechen.
NOLA Nein.
TANIL Nicht schmecken.

NOLA Nein.
TANIL Nicht fühlen.
NOLA Nein.
TANIL Nicht knuddeln.
NOLA Nein.
TANIL Nicht abknutschen.
NOLA Nein.
TANIL Nicht liebhalten.
NOLA Nein.
TANIL Überhaupt nichts.
NOLA Doch.
TANIL Was.
NOLA Hören. Du kannst mich hören.
TANIL Ach ja.

Pause.

NOLA Das ist gut.
TANIL Es ist kein Ersatz.
NOLA Es hilft.
TANIL Ich weiß nicht.

Pause.

NOLA Ich sage dir, wie es in Pompinien ist, und du erzählst mir, wie es hier ist.
TANIL Was soll ich dir erzählen?
NOLA Zum Beispiel, was der Schuppen macht.
TANIL Was soll er schon machen.
NOLA Das, was er immer macht.
TANIL Was macht er denn immer?
NOLA Rumstehen – zum Beispiel.
TANIL Das soll ich dir erzählen? Das weißt du doch schon.
NOLA Du erzählst mir, wie er aussieht. Was du wieder umgeräumt hast.

TANIL Ich erzähle dir, was ich so alles finde.

NOLA Was du findest. Das ist gut.

TANIL Jedes Teil. Ich finde jeden Tag etwas.

NOLA Das kannst du mir alles erzählen.

TANIL Ich werde ganz viele Sachen finden. Viel mehr als sonst. Jeden Tag.

NOLA Genau.

TANIL Ich werde Meister im Finden werden. Findmeister.

NOLA Ja.

TANIL Und dann stelle ich alles in den Schuppen.

NOLA In den Schuppen?

TANIL Wenn du weg bist, habe ich viel Platz. Da kann ich deine Seite auch vollräumen.

NOLA Nein.

TANIL Natürlich. Du brauchst sie ja nicht. Du bist ja weg. In Pompinien. Selber schuld, wenn du weggehst.

NOLA Ich komme doch wieder.

TANIL Ich weiß aber nicht, ob dann noch Platz ist.

NOLA Du kannst doch nicht einfach alles vollräumen.

TANIL Hmmm.

NOLA Du musst dann alles, was du gefunden hast, wieder wegschmeißen.

TANIL Ich kann mich doch nicht einfach von meinen neuen Sachen trennen. Wie stellst du dir das vor.

NOLA Dann darfst du sie nicht finden. Du darfst überhaupt keine Sachenfinden, während ich weg bin.

TANIL Nichts finden?

NOLA Nein.

TANIL Das geht nicht. Ich muss Sachen finden. Ich lebe vom Sachenfinden. Das weißt du doch.

NOLA Ich kann also nicht wiederkommen. Kein Platz mehr für mich.

TANIL Das war doch nur ein Witz.

NOLA Lauter neue Sachen auf meiner Seite.

TANIL Hörst du – das war ein Witz. Nur ein Witz.
NOLA Du wirst alles zubauen. Jede Ecke.
TANIL Für dich ist immer Platz.
NOLA Ich bleibe in Pompinien.
TANIL Was?
NOLA Ich baue mir einen neuen Schuppen. In Pompinien.
TANIL Nein.
NOLA Ich komme nicht wieder.
TANIL Doch.
NOLA Dann kannst du so viele Sachen finden, wie du willst. Du kannst sie aufstellen, wo du willst. Du kannst meine ganze Seite vollstellen. Ich schenke sie dir.
TANIL Du musst wiederkommen. Es war nur ein Witz. Ich stelle deine Seite nicht voll.

Pause.

TANIL Vielleicht ein bisschen. Vorübergehend. Aber eine Ecke bleibt immer frei.
NOLA Immer ist ein langes Wort.
TANIL Zehn Buchstaben. Oder zwanzig.

Sie lächeln.

NOLA Am besten, wir leben weiter wie bisher. Ich gehe nicht nach Pompinien.
TANIL Du musst nach Pompinien, Nola. Wegen Safari und Schwarzwälderkirschtorte.
NOLA Ach ja.

Pause.

NOLA Es ist schwierig.
TANIL Es ist einfach. Du musst nichts mehr entscheiden.
NOLA Nein?

TANIL Du musst überhaupt nichts machen. Nur warten.

Pause.

TANIL Wir müssten zusammen nach Pompinien.

Pause.

NOLA Tanil, mein Herz –
TANIL Was ist damit?
NOLA Es bricht.
TANIL Es bricht?
NOLA Es bricht einfach.
TANIL Das denkst du nur so.
NOLA Krrrrch. Mitten durch. Es bricht mitten durch.
TANIL Es bricht bestimmt nicht. Es bricht nicht, hörst du!
NOLA Krrrch. Jetzt tropft es. Es ist so voll. Es war zu voll.
TANIL Hör auf.
NOLA Krrrch –
TANIL Hör auf! Es wird wieder werden. Hörst du – es wird wieder zusammenwachsen. Warte nur erst, wenn du wieder da bist. Es wird wieder zusammenwachsen.
NOLA Fühlst du es nicht? Es ist nicht zu überfühlen.
TANIL Du darfst nicht zu genau hinfühlen. Denk an etwas anderes. Hörst du? Du musst vorsichtig sein. Es ist nur angerissen – bestimmt. Wir flicken es wieder. Wenn du wieder da bist. Wir machen es wieder heil –
NOLA Krrrch –
TANIL Hör auf! Jetzt tropft meins auch. Sieh, was du gemacht hast, Nola. Das geht nicht – es darf nicht –
NOLA Deins tropft auch?
TANIL Geh jetzt.
NOLA Ich kann nicht.
TANIL Du musst.
NOLA Ich kann nicht.

TANIL Schnell.
NOLA Deins tropft auch?
TANIL Frag nicht. Geh jetzt.
NOLA Ich kann nicht. Meine Beine. Sie gehen nicht. Ich habe es dir gesagt.

Pause.

TANIL Hoffentlich kommt sie bald.
NOLA Es kann nicht mehr lange sein.
TANIL Sie darf sich nicht verspäten.
NOLA Nein.
TANIL Sonst gehen sie beide kaputt.

SIE kommt.

NOLA Da ist sie.
TANIL *gleichzeitig* Sie ist da.
NOLA Was soll ich tun?
TANIL Ich weiß es nicht – frag mich nicht – es tropft. Hörst du es?
NOLA Hör auf – ich muss gehen.
TANIL Geh.
NOLA Wir flicken es wieder – wenn ich wieder da bin.
TANIL Es ist Zeit.
NOLA Bald, hörst du, Tanil, ganz bald, ja?

SIE zieht Nola weg. Tanil lauscht einen Moment und tastet dann nach der Stelle, an der Nola gerade noch war.

TANIL Nola?

Stille.

Black.

Besuch bei Katt und Fredda

PERSONEN

KATT
FREDDA
MIRANDA

Ein Raum. Zwei Sofas, zwei Stühle, ein Tisch, eine Tür. Katt und Fredda.

KATT Weißt du, wie lange wir schon hier sind, Fredda.
FREDDA Wie lange, Katt.
KATT Eine ganze Weile.
FREDDA So lange schon.
KATT Erinnerst du dich noch an unsere Reise.
FREDDA Natürlich.
KATT All die Mühen und Strapazen.
FREDDA All die Stunden und Tage.
KATT Voller Sehnsucht und Angst und den ganzen anderen Hindernissen.
FREDDA Aber dann.
KATT Dann stehen wir endlich vor der Tür.
FREDDA Vor der Tür.
KATT Und dann.
FREDDA Dann war es ganz einfach.
KATT Einfach öffnen.
FREDDA Öffnen und reingehen.
KATT Schluss mit dem draußen Herumirren.
FREDDA Endlich im Trockenen.

Pause.

FREDDA Es ist schön hier.
KATT Ja.
FREDDA Friedlich.
KATT Ja.
FREDDA Ruhig.
KATT Ja.
FREDDA Ungestört.
KATT Ja.
FREDDA Nur wir beide.

Pause.

KATT Meinst du, das bleibt so.
FREDDA Ja.
KATT Nur wir beide.
FREDDA Ja.
KATT Immer nur wir beide.
FREDDA Ja.
KATT Immer nur wir beide?
FREDDA Warum nicht.

Pause.

KATT Es könnte doch mal Besuch kommen.
FREDDA Ach nein, lieber nicht.
KATT Warum. Magst du keinen Besuch.
FREDDA Der würde nur alles durcheinanderbringen.
KATT Wieso. Wieso soll der alles durcheinanderbringen.
FREDDA Wo soll denn der Besuch hin. Es ist Platz für zwei, nicht für drei. Ein Sofa für dich, ein Sofa für mich.
KATT Es ist Platz für drei. Wir müssten eben zusammenrücken.
FREDDA Glaub mir, Katt, es ist gut so.
KATT Du hast nur Angst, dass deine liebe Ordnung durcheinandergerät.
FREDDA Meine liebe Ordnung.
KATT Deine liebe Ordnung.
FREDDA Es ist gut, wenn man seine Sachen geordnet hat. Es ist gut, wenn man weiß, was man hat und wo es ist.

Pause.

KATT Findest du nicht, dass ein Besuch so seine Reize hätte. Es wäre etwas Neues. Es wäre spannend.

FREDDA Ich bin nicht spannend.
KATT Doch.
FREDDA Ich bin nicht reizvoll.
KATT Doch.
FREDDA Ich bin nicht neu.
KATT Nein.

Pause.

FREDDA Geh doch.
KATT Gehen?
FREDDA Geh weg.
KATT Weggehen?
FREDDA Das hättest du schon längst tun können. Da ist die Tür.
KATT Nein, Fredda.
FREDDA Wir haben es gut, wir haben es schön, wir sind zusammen.
KATT Ja.
FREDDA Unser Raum.
KATT Ja doch.
FREDDA Ein Sofa für mich, ein Sofa für dich. Perfekt eingerichtet.
KATT Schrei mich nicht an.
FREDDA Tu mir nicht weh.
KATT Ich tue dir nicht weh.
FREDDA Du tust mir weh.
KATT Aber ich mache doch gar nichts.

Pause.

FREDDA Du denkst, du träumst.
KATT Ist das verboten.
FREDDA Es ist zu laut. Manchmal ist es einfach zu laut.

KATT Hör nicht hin.
FREDDA Wie soll das gehen, wenn du im gleichen Raum bist.
KATT Halt dein Ohr zu.
FREDDA Und das andere.
KATT Auch.
FREDDA Dann kriege ich nichts mehr mit.
KATT Deswegen machst du es ja.
FREDDA Ich muss was mitkriegen. Ich muss alles mitkriegen. Jeden Gedanken, jeden Traum.
KATT Aber wenn es doch weh tut.

Pause.

KATT Was kann ich für meine Gedanken. Was kann ich für meine Träume. Sie kommen, wenn sie wollen. Sie klopfen nicht an, sie sind einfach da.
FREDDA Natürlich, Katt.
KATT Es ist nicht meine Schuld, wenn sie dir wehtun.
FREDDA Nein, Katt.

Pause.

FREDDA Du bleibst.
KATT Natürlich, Fredda.
FREDDA Du gehst nicht weg.
KATT Nein.
FREDDA Wir spielen weiter.
KATT Spielen wir.
FREDDA Unser Raum. Kein Besuch.

Es klopft.

KATT BESUCH.

Die Tür geht auf, Miranda kommt rein. Pause.

FREDDA Du hast sie eingeladen.
KATT Nein.
FREDDA Ohne mich zu fragen.
KATT Nein.
FREDDA Einfach eingeladen.
KATT NEIN.
FREDDA Wo kommt sie dann her.
KATT Ich weiß es nicht.
FREDDA Wer ist sie überhaupt.
KATT Ich weiß es nicht.
MIRANDA Miranda.
FREDDA Miranda also.
KATT Was für ein reizender Name.

Pause.

FREDDA Sie soll wieder gehen.
KATT Wieder gehen.
FREDDA Wieder weggehen.
KATT Man kann sie doch nicht gleich wieder wegschicken. Sie ist doch gerade erst angekommen.
FREDDA Sie wird alles durcheinanderbringen.
KATT Das glaube ich nicht.
FREDDA Nur wir beide, Katt.
KATT Eins, zwei, drei.
FREDDA Du willst, dass sie hier bleibt.
KATT Man kann sie doch nicht gleich wieder wegschicken.

Pause.

KATT Katt. Setz dich doch.
MIRANDA Danke.
KATT Das ist Fredda.
MIRANDA Hallo Fredda.

KATT Wo kommst du her.
MIRANDA Ich ging vorbei, und da wollte ich plötzlich reinkommen.
KATT Einfach so.
FREDDA Einfach so.
MIRANDA So einfach.
KATT Ich finde das gut.

Pause.

MIRANDA Was hast du aber für eine schöne Nase.
FREDDA Ich.
MIRANDA So eine schöne Nase habe ich noch nie gesehen.
FREDDA Sie findet meine Nase schön.
KATT Das ist sie auch.
FREDDA Sie hat gesagt, dass sie meine Nase schön findet.
KATT Ist doch nett.
FREDDA Ich finde das enorm. Ich habe eine enorme Nase.
KATT Eine schöne, hat sie gesagt. Keine enorme, eine schöne.

Pause.

KATT Gefällt dir mein Sofa.
MIRANDA Ja.
KATT Es ist mein eigenes.
MIRANDA Es ist sehr schön.
KATT Bleib ruhig sitzen, Miranda. Ich sitze ja bei Fredda. Freddas Sofa ist auch ganz schön.
MIRANDA Es ist nett mit vielen Leuten. Wirklich nett, finde ich. Ich fühle mich immer wohl mit vielen Leuten. Eins, zwei, drei. Ich habe gerne viele Leute um mich herum. Macht dann mehr Spaß, das Leben. Was hast du aber für eine schöne Nase.
FREDDA Danke.

KATT Nicht wahr.

Pause.

MIRANDA Ihr seht gut aus zusammen.
KATT Danke.
MIRANDA Macht ihr alles zusammen.
FREDDA Das meiste. Perfekt eingerichtet.
MIRANDA Das ist toll. Das finde ich toll. Ich mache auch immer gerne alles zusammen.

Pause.

MIRANDA Was hast du aber für eine schöne Nase.
FREDDA Danke.
KATT Das hast du jetzt aber schon mal gesagt.
MIRANDA Was.
KATT Dass Fredda eine schöne Nase hat.
MIRANDA Findest du nicht, dass Fredda eine schöne Nase hat.
KATT Natürlich.
MIRANDA Ich finde, sie hat eine sehrsehr schöne Nase.
FREDDA Danke.
KATT Aber ich sage es nicht ständig.
MIRANDA Warum eigentlich nicht.
KATT Soll ich ständig sagen, dass Fredda eine sehrsehr schöne Nase hat.
FREDDA Warum eigentlich nicht.
MIRANDA Du hast eine sehr schöne Nase, du hast eine sehrsehr schöneschöne Nase, du hast eine sehrsehrsehr schöne Nase…

In Variationen so weiter während Katt und Freddas folgendem Dialog.

KATT Findest du das jetzt gut.

FREDDA Nun.
KATT Findest du das nicht störend.
FREDDA Nun.
KATT Ich finde das störend.
FREDDA Hör nicht hin.
KATT Wie kann ich das, wenn sie im gleichen Raum ist.
FREDDA Halt dein Ohr zu.
KATT Und das andere.
FREDDA Auch.
KATT Dann kriege ich nichts mehr mit.
FREDDA Aber du weißt doch schon, was sie sagt. Sie findet meine Nase schön.
MIRANDA Ich finde deine Nase schön.
FREDDA Danke.

Pause.

FREDDA Gefällt es dir hier.
MIRANDA Oh ja.
FREDDA Mach es dir bequem.
MIRANDA Oh ja.
FREDDA Fühl dich wie zu Hause.
MIRANDA Oh ja.
FREDDA Schön, dass du hier bist.
KATT Ich denke, du magst keinen Besuch.
FREDDA Warum.
KATT Deine liebe Ordnung.
FREDDA Meine liebe Ordnung.
MIRANDA Deine liebe Ordnung?
FREDDA Miranda ist nett.
KATT Natürlich.
FREDDA Sie ist sehrsehr nett.
MIRANDA Das hat mir noch nie jemand gesagt.
FREDDA Da muss man eben zusammenrücken.

MIRANDA Oh ja, zusammenrücken.
KATT Zusammenrücken.
FREDDA Dann ist Platz für drei. Eins, zwei, drei.
MIRANDA Eins, zwei, drei.
KATT Es ist Platz für Besuch. Wie ich es gesagt habe. Eins, zwei, drei. Es ist Platz für Besuch.

Pause.

MIRANDA Was hast du aber für eine schöne Nase.
KATT Jetzt musst du dir aber mal etwas Neues ausdenken.
FREDDA Sie kann doch sagen, was sie will. Der Besuch kann doch sagen, was er will. Der Besuch ist König.
KATT Der Besuch ist König?
FREDDA Ist er das nicht.
KATT Willst du immer das Gleiche hören.
MIRANDA Ich werde mir etwas Neues ausdenken.
FREDDA Etwas Neues.
MIRANDA Der König wird sich etwas ganz Neues ausdenken.
KATT Das ist gut.
FREDDA Etwas Neues.
KATT Etwas ganz Neues.
FREDDA Das ist spannend.
KATT Es ist spannend.

Pause.

MIRANDA Was hast du aber für ein wunderwunderschönes Näschen.
KATT Das war nicht so neu.
MIRANDA Was hast du aber für ein wunderwunderschönes Näschen.
FREDDA Das ist doch neu. Ich habe das noch nicht gehört. Das hatte sie noch nicht gesagt.

Pause.

FREDDA Miranda.
MIRANDA Ja.
FREDDA Hast du eigentlich keinen Hunger.
MIRANDA Doch. Eigentlich schon.
FREDDA Sollen wir etwas essen.
MIRANDA Auja, essen.
KATT Das geht nicht.
FREDDA Warum nicht.
KATT Wir haben nur zwei Teller.

Pause.

FREDDA Vielleicht hat Miranda einen Teller mitgebracht.
KATT Hast du einen Teller mitgebracht?
MIRANDA Nein.
KATT Das wusste ich. Ich wusste, dass sie keinen Teller mitgebracht hat.
MIRANDA Kann ich also nicht mitessen. Guten Appetit.
FREDDA Doch.
MIRANDA Kann ich doch mitessen. Guten Appetit.
FREDDA Klar.
KATT Aber wie.

Pause.

FREDDA Teilen, Katt.
MIRANDA Zusammenrücken.
FREDDA Zwei müssen von einem Teller essen.
MIRANDA Ich bin der Besuch.
KATT Ja.
FREDDA Miranda kriegt einen eigenen Teller. Oder Katt. Was meinst du.

KATT Sie soll alleine essen. Wir essen zusammen von diesem hier. Perfekt eingerichtet.
FREDDA Miranda kriegt einen eigenen Teller. Sie ist der Besuch. Der Besuch ist König.
MIRANDA Dankesehr.

Pause.

KATT Schmeckt es?
MIRANDA Super.
KATT Schmeckt es?
FREDDA Ausgezeichnet.
KATT Habe ich einen Hunger.
MIRANDA Hatte ich auch. Weil ich solange draußen war. Aber jetzt nicht mehr.
KATT Wenn eine von euch fertig ist, hätte ich gerne eine Gabel.
FREDDA Guck mal, Katt. Guck mal, was Miranda macht.
MIRANDA Echt gemütlich.
FREDDA Was für eine Idee. Darauf ist hier noch keiner gekommen. Das ist neu. Das ist spannend.
MIRANDA Das ist gemütlich.
FREDDA Gemütlich?
KATT Und einen Löffel hätte ich auch gerne.

Pause.

FREDDA Ich habe noch nie auf meinem Sofa gegessen.
MIRANDA Und gefällt es dir.
FREDDA Echt gemütlich.
KATT Am Tisch ist es auch in Ordnung. Ich muss nicht auf dem Sofa essen. Es ist schön hier. Es ist ein schöner Tisch.
MIRANDA Das ist egal.
KATT Was.

MIRANDA Ob der Tisch schön ist oder nicht. Es ist nicht neu, dort zu sein. Es ist alt.
FREDDA Es ist alt.

Pause.

KATT So macht das keinen Spaß.
FREDDA Wieso.
KATT Sie bringt alles durcheinander.
FREDDA Nein.
KATT Ich habe mir das mit dem Besuch anders vorgestellt.
FREDDA Wie anders.
KATT Anders eben.
MIRANDA Wie anders.
KATT Wenn es jetzt so ist, war es vorher besser.
FREDDA Ich fühle mich wohl. Fühlst du dich wohl, Miranda.
MIRANDA Ich fühle mich wohl. Ich habe es mir bequem gemacht. Ich fühle mich wie zu Hause.

Pause.

FREDDA Sie fühlt sich wie zu Hause.
KATT Sie ist aber nicht zu Hause.
MIRANDA Warum nicht.
KATT Hier wohnen Fredda und ich. Hier sind Fredda und ich zu Hause.
MIRANDA Aber ich bin der Besuch.
FREDDA Aber sie ist der Besuch.
KATT Sie ist hier nicht zu Hause.
FREDDA Was macht das für einen Unterschied. Wir sind jetzt zu dritt. Zu dritt zu Hause. Eins, zwei, drei.
MIRANDA Eins, zwei, drei.
FREDDA Eins, zwei, drei.
MIRANDA Eins, zwei, drei.

FREDDA Eins, zwei, drei.
KATT Zwei zwei zwei zwei, Fredda. Weißt du nicht mehr.
FREDDA Was.
MIRANDA Was hast du aber für ein wunderwunderschönes Näschen.
FREDDA Danke.

Pause.

FREDDA Bleib doch, Katt.
KATT Ich will auf mein Sofa.
FREDDA Aber warum denn.
KATT Es ist mein eigenes.
FREDDA Wir müssen zusammenrücken, Katt.
MIRANDA Ich bin jetzt auch da.
KATT Ich will auf mein Sofa. Ruhe jetzt. Lasst mich alleine.
FREDDA Das verstehe ich nicht.

Pause.

KATT Du sitzt auf meinem Sofa.
MIRANDA Tue ich das.
KATT Ja.
MIRANDA Wer sagt, dass das dein Sofa ist.
KATT Das war schon immer so.
MIRANDA Ich bin jetzt aber auch da.
KATT Das ist mein Sofa. Und das ist Freddas Sofa.
MIRANDA Zusammenrücken, Katt.
KATT Geh runter. Soll ich dir Beine machen. Soll ich das.
FREDDA Aber Katt.
KATT Findest du das nett.
MIRANDA Soll ich dir Beine machen.
KATT Hast du das gehört, Fredda.
FREDDA So bist du doch sonst auch nicht.

MIRANDA Kattchen.

KATT Ich muss ihr Beine machen. Sie versteht mich sonst nicht.

MIRANDA Sie muss mir Beine machen. Ich habe doch schon welche.

KATT Gleich haue ich ihr eine runter.

FREDDA Aber Katt, Miranda ist doch unser Besuch. Du kannst doch nicht unserem Besuch eine runterhauen.

KATT Das weiß ich nicht so genau.

MIRANDA Einem Besuch haut man keine runter. Das weiß ich genau. Der Besuch ist König. Einem König haut man auch keine runter. Weil er nämlich der König ist. Ein König kann machen, was er will. Er kann tun, was er will, er kann lassen, was er will. Er macht die Gesetze, und die anderen haben zu gehorchen. Er ist im Recht. Weil er nämlich der König ist. Und die anderen, die sind es nämlich nicht.

Katt haut Miranda eine runter.

FREDDA Katt.

KATT Ich hasse Könige.

Pause.

MIRANDA Ich gehe. Ich gehe ja schon von dem Sofa runter.

KATT Gut.

MIRANDA Ich mache, was ihr sagt. Ich will nicht stören. Ich will überhaupt nicht stören. Tut so, als wenn ich nicht da wäre. Mit mir ist das in Ordnung. Ich brauche nichts. Ich bin glücklich. Ich richte mich auf alles ein. Ich bin glücklich.

Pause.

FREDDA Jetzt steht sie im Raum herum. Jetzt steht sie einfach im Raum herum.

KATT Ja.

FREDDA Das geht doch so nicht.

KATT Warum nicht.

FREDDA Man kann sie doch nicht einfach im Raum herumstehen lassen. Was soll sie denn machen, wenn sie sich hinsetzen will. Wenn sie es bequem haben will. Das geht doch so nicht. Wo gibt es denn sowas.

KATT Wo gibt es denn sowas.

MIRANDA Wenn man Besuch ist, darf man nicht zu viel erwarten. Man ist nicht zu Hause. Man ist nur der Besuch.

FREDDA Ein Ort, an dem man es bequem hat. Das ist doch nicht viel.

MIRANDA Nein.

FREDDA Das kann man doch erwarten.

MIRANDA Was hast du aber für eine schöne Nase.

FREDDA Danke.

KATT Kannst du nicht mal still sein.

FREDDA Katt, was hast du bloß.

KATT Sie soll still sein. Ruhe jetzt. Lasst mich alleine.

FREDDA Setz dich zu mir, Miranda. Neben mir ist doch noch Platz.

Pause.

MIRANDA Das ist nett von dir.

FREDDA Nun.

MIRANDA Sehr nett.

FREDDA Eben darum doch.

MIRANDA Echt gemütlich.

FREDDA Nicht wahr.

MIRANDA Ich fühle mich wie zu Hause.

FREDDA So tut es nicht mehr weh.

MIRANDA Was.

FREDDA Die Ohrfeige.

MIRANDA Nein. Ganz und gar nicht. So tut es ganz und gar nicht mehr weh.

KATT Dann kannst du ja wieder aufstehen. Kein Grund, Freddas Sofa zu blockieren.

FREDDA Katt.

MIRANDA Ich verstehe mich mit dir viel besser, Fredda.

FREDDA Du kannst gerne noch sitzen bleiben. Es gibt keinen Grund, aufzustehen.

MIRANDA Du bist nett, finde ich. Sehr nett sogar. Sehr, sehr nett.

KATT Kannst du nicht endlich still sein.

MIRANDA Reden werde ich ja wohl noch dürfen. Reden darf ich doch, oder Fredda. Sie kann mir doch nicht das Reden verbieten.

FREDDA Natürlich darfst du reden. Keiner verbietet dir zu reden. Wo gibt es denn sowas.

KATT WENN ES ABER ZU LAUT IST.

Pause.

FREDDA Wir flüstern.

MIRANDA Ja.

FREDDA Das wird sie nicht stören.

MIRANDA Nein.

FREDDA Sie wird es nämlich nicht hören.

MIRANDA Nein.

FREDDA Sie wird nichts verstehen.

MIRANDA Nein. Was hast du aber für eine schöne Nase.

FREDDA Danke.

MIRANDA Was hast du aber für eine schöneschöne Nase.

FREDDA Danke.

MIRANDA Was hast du aber für ein wunderwunderschönes Näschen.

Katt heult. Pause.

FREDDA Katt? Katt?
MIRANDA Sie ist nicht mehr da.
FREDDA Katt?
MIRANDA Es gibt nur Miranda und Fredda.
FREDDA Sie kann doch nicht gegangen sein.
MIRANDA Warum denn nicht.
FREDDA Da ist sie doch.
MIRANDA Wo.
FREDDA Was machst du, Katt.
MIRANDA Lass sie in Ruhe.
FREDDA Katt, was ist.
MIRANDA Spielen wir weiter, Fredda. Was hast du aber für eine schöne Nase.
FREDDA Katt.

Pause.

KATT Willst du jetzt immer mit ihr spielen.
FREDDA Wie bitte.
MIRANDA Ob du jetzt immer mit mir spielen willst. Wie bitte.
FREDDA Ab und zu.
MIRANDA Spielen ist schön. Wie bitte.
FREDDA Ja.
MIRANDA Spielen ist sehr schön. Wie bitte wie bitte.
FREDDA Ja.
KATT Und ich.
MIRANDA Du nicht.
FREDDA Du wolltest alleine sein. Du wolltest Ruhe.
MIRANDA Geh von meinem Sofa runter. Das hast du gesagt. Soll ich dir Beine machen. Ich habe es genau gehört.
KATT Ich soll zugucken.
MIRANDA Oder heulen.

KATT Das mache ich nicht. Das mache ich nicht mit.
MIRANDA Wir sind jetzt zu dritt, Katt. Wir müssen zusammenrücken. Eins, zwei, drei. Das ist nicht zu ändern.

Pause.

KATT Das ist nicht zu ändern.
MIRANDA Nein.
KATT Warum nicht.
FREDDA Wie denn.
KATT Wenn eine geht.
MIRANDA Geht.
KATT Weggeht. Rausgeht.

Pause.

FREDDA Wen willst du denn loswerden.
MIRANDA Dich Fredda. Sie will dich loswerden. Sie mag dich nicht mehr. Sie ist böse. Weil du mit mir gespielt hast, nicht mit ihr. Sie will dich rausschmeißen. Aus deinem eigenen Raum. Das würde ich mir nicht gefallen lassen. Zeig es ihr, Fredda, zeig es ihr. Das würde ich mir nicht gefallen lassen.
FREDDA Du willst, dass ich gehe.
KATT Habe ich das gesagt.
FREDDA Hast du das.
KATT Nein.

Pause.

FREDDA Wer dann. Wer soll dann gehen.
MIRANDA Katt. Sie selber. Sie soll gehen. Sie stört. Ein Sofa für mich, ein Sofa für Fredda. Das wäre das Beste. Dann hätten wir Ruhe und Frieden. Zwei zwei zwei zwei. Sie soll gehen. Katt soll gehen. Sie stört.

FREDDA Willst du gehen.
KATT Ich.
FREDDA Du.
KATT Vielleicht.
FREDDA Nein.
KATT Wenn sie bleibt.
FREDDA Aber.
KATT Einfach durch die Tür gehen. Neue Leute und Länder. Das ist spannend. Einfach durch die Tür gehen.
FREDDA Katt.
KATT Das ist reizvoll.

Pause.

FREDDA Und ich.
KATT Du bleibst hier.
FREDDA Hier.
KATT Ja.
FREDDA Mit Miranda.
KATT Wie du willst.
FREDDA Ohne dich.
KATT Ja.
FREDDA Das geht nicht.
KATT Warum nicht.
FREDDA Weißt du nicht mehr, Katt. Unser Raum.
KATT Wo ist er.
FREDDA Zwei zwei zwei zwei.
KATT Eins, zwei, drei, Fredda. Eins, zwei, drei.

Pause.

FREDDA Du musst gehen.
MIRANDA Ich.
FREDDA Ja, du.

MIRANDA Aber.
FREDDA Sonst geht sie.
MIRANDA Ich soll gehen.
FREDDA Ja.
MIRANDA Weggehen.
FREDDA Rausgehen.
MIRANDA So plötzlich.

Pause.

MIRANDA Nein. Lass uns weiterspielen, Fredda. Nicht rausschicken. Nicht wieder nach draußen. Nicht alleine. Lass uns weiterspielen.
FREDDA Es geht nicht.
MIRANDA Immer weiter, Fredda, bitte. Was hast du aber für eine schöne Nase. Was hast du für ein wunderwunderschönes Näschen. So ein schönes Näschen habe ich noch nie gesehen. Du willst nicht. Du willst nicht mehr mit mir spielen.

Pause.

MIRANDA Wo gibt es denn so was. Der Besuch ist König. Ein König kann machen, was er will. Er kann tun, was er will, er kann lassen, was er will. Er macht die Gesetze, und die anderen haben zu gehorchen.

Pause.

MIRANDA An allem ist sie schuld. Sie soll sich nicht so aufspielen. Sie ist im Weg. Zwei zwei zwei zwei, nur wir beide, perfekt eingerichtet. Sag ihr das. Fredda, SAG IHR DAS.
FREDDA Lass Katt in Ruhe. LASS VERDAMMT NOCHMAL ENDLICH KATT IN RUHE.

Pause.

MIRANDA Ich gehe. Ich brauche nichts. Ich bin glücklich. Ich brauche nichts. Ich gehe. *Will gehen, bleibt in der Tür stehen.*

Pause.

KATT Jetzt ist sie traurig.
FREDDA Hast du Mitleid.
KATT Sie ist alleine.
FREDDA Kann ich das ändern.
KATT Sie ist alleine und du schickst sie weg.
FREDDA Ja.
KATT Das sollte man mit Menschen nicht machen.
FREDDA Was soll ich tun.
KATT Wer will schon weggeschickt werden.
FREDDA Ich nicht.
KATT Sie wird woanders reingehen.
FREDDA Meinst du.
KATT Natürlich.
FREDDA Glaubst du, man wird sie dort wieder wegschicken.
KATT Ich weiß es nicht.
FREDDA Das wäre schade wäre das.
KATT Vielleicht hat sie Glück. Vielleicht kann sie irgendwo bleiben.

Pause.

FREDDA Ich bleibe hier.
KATT Ja.
FREDDA Und du auch.
KATT Wahrscheinlich.
FREDDA Du weißt es nicht.
KATT Nicht genau.

FREDDA Warum.

MIRANDA Es geht weiter, als wäre ich gar nicht hier. Bald wird es sein, als wäre ich nie dagewesen. Ich war aber da. Das weiß ich genau. Ich war da. Ich habe sie kennengelernt. Katt und Fredda. Die mit der schönen Nase und die andere auch. Ich gehe. Zwei da, eine hier. Weitergehen. *Sie geht.*

Pause.

FREDDA Sie ist weg.

KATT Ist sie das.

FREDDA Ist sie das nicht.

KATT Ich erinnere mich noch an sie.

FREDDA Sie wird nach und nach verschwinden. Es wird so werden wie früher, Katt. Unser Raum. Ein Sofa für dich, ein Sofa für mich. Zwei zwei zwei zwei. Perfekt eingerichtet.

Pause.

FREDDA Weißt du, wie lange wir schon hier sind, Katt.

KATT Wie lange, Fredda.

FREDDA Eine ganze Weile.

KATT So lange schon.

Pause.

FREDDA Es ist schön hier.

KATT Ja.

FREDDA Friedlich.

KATT Ja.

FREDDA Ruhig.

KATT Ja.

FREDDA Ungestört.

KATT Ja.

FREDDA Meinst du, das bleibt so.

KATT Wir werden sehen.

Pause.

KATT Ein Mensch verschwindet nicht einfach so. Es bleibt etwas zurück.

FREDDA Was, Katt.

KATT Eine Geschichte, Fredda.

Ende.

Über Lang oder Kurz

PERSONEN

LULATSCH (lang)
MARTIN (kurz)
DORIS (dick)

STIMME (weiblich)

Das Stück ist durch ein Auftragshonorar im Rahmen von »Nah dran! Neue Stücke für das Kindertheater«, ein Kooperationsprojekt des Kinder- und Jugendtheaterzentrums in der Bundesrepublik Deutschland und des Deutschen Literaturfonds e. V., mit Mitteln der Kulturstiftung des Bundes gefördert worden.

Weck, ein fiktiver Ort, an dem die Stimme wohnt. Eine Tür zur Welt von Da. Irgendwo ein auf Lulatsch zugeschnittener Stuhl.

Pause. Ein Wind. Auftritt Martin, der hastig und klitschnass hereinrennt.

MARTIN weg da
weg weg weg
Pause.
endlich weg
Pause. Brüllt ins Off.
mich gießen!
gießen und in die Sonne stellen
ihr habt sie wohl nicht mehr alle
das ist der absolute Gipfel
gießen und sehen
ob der kleine Knirps dann endlich mal wächst
Pause. In Richtung Tür.
lasst mich in Ruhe
lasst mich endlich in Ruhe
mit euch will ich nichts mehr zu tun haben
ich brauche euch nicht
nicht so ein bisschen
Pause.
alleine komme ich besser klar
Pause.
und wie ich klar komme
klein, aber oho
von wegen Knirps
Brüllt.
ihr könnt bleiben, wo der Pfeffer wächst
Pause.
basta

Pause.
so
endlich weg von den Anderen

Handtuch kommt.

MARTIN oh danke
Beginnt sich abzutrocknen. Sieht keinen, der ihm das Handtuch gereicht haben könnte.
wo bin ich hier?

Stuhl in Martins Größe kommt.

MARTIN hey, der ist ja super
wie für mich gemacht
Pause.
gibt es hier vielleicht auch was Frisches zum Anziehen?
Da, wo ich herkomme
war es gerade ein wenig
stürmisch

Anziehsachen kommen.

MARTIN ist ja irre
Pause.
das kann man ja einfach anziehen
nicht zu groß
nicht zu weit
nicht zu lang
man muss tatsächlich gar nichts umnähen

Pause. Ein Wandschirm rollt auf die Bühne, dahinter Doris.

DORIS *singt und schmatzt*
27 Fischstäbchen
3 mal Pizza
10 mal Spaghetti mit Tomatensoße
2 Schokoladentorten mit Sahne
4 Schokoladenpudding
8 mal Schokoladeneis
und 20 Würstchen mit 200 Pommes frites
das alles macht mich total fit
MARTIN da will man einmal seine Ruhe haben
Pause.
hallo
ist da jemand
DORIS nein
tut mir leid
keiner da

Die Stimme kichert.

DORIS *singt* das Leben in Weck ist so toll
hier schlag ich mir den Bauch randvoll
Schokoladentorte
Schokoladenpudding
Schokoladeneis
MARTIN da ist doch jemand
DORIS ach was
wer soll da schon sein

Die Stimme kichert.

MARTIN ja, keine Ahnung
DORIS noch ein Nachschlag
und noch ein Nachschlag
ich habe noch nicht genug

noch immer nicht genug
ich will noch mehr
noch mehr, bitte sehr

Neue Lieferung Essen kommt.

DORIS ein herzliches Dankeschön
von der lieben Doris
MARTIN Doris
da ist eine Doris
DORIS ach was
wo denn
Singt. ich fühle mich hier so frei
jetzt ess ich noch fünf Ei
MARTIN hat die aber einen Hunger
DORIS hier bin ich weg
hier kann ichs sein
und was ich esse
bestimme ich allein
MARTIN soviel kann doch kein Mensch auf einmal –

Ein lauter Knall. Doris hört auf zu singen.

DORIS oh nein
was soll das denn jetzt
MARTIN was –
DORIS ich dachte, hier passiert mir das nicht
Pause.
schon wieder alles kaputt
mittendurch
einfach mittendurch
jetzt habe ich nichts mehr zum Anziehen
Pause.
ich wünsche mir neue Kleidung

Kleidung kommt.

DORIS danke
MARTIN woher kommt denn das immer?

Doris beginnt sich umzuziehen.

DORIS da draußen steht einer
der will bestimmt wissen, wer hinter dem Wandschirm wohnt
MARTIN warum nicht
DORIS wenn du wüsstest, wie ich aussehe
dann würdest du dich nicht mit mir unterhalten
MARTIN wieso
hast du einen Buckel?
oder überall Warzen?
DORIS du würdest schreiend davonrennen
MARTIN sieben Arme?
Krallenhände?
DORIS nichts davon
MARTIN noch schlimmer?
DORIS mir gehen immer alle aus dem Weg
Uaaah!!

Martin erschrickt. Doris guckt mit dem Kopf über den Wandschirm. Pause.

DORIS hey, da steht ja ein Knirps
MARTIN hier steht kein Knirps
hier steht ein Martin
ein Martin steht hier
DORIS kein Knirps?
MARTIN ich bin jetzt hier in Weck
und nicht mehr in Da

keiner nennt mich mehr »Knirps«
kein einziger
ich heiße Martin
Martin Martin Martin
jetzt ist Schluss mit dem Knirpssein
Martin und basta

DORIS ich sehe aber bloß einen Knirps
einen richtig winzigkleinen
fällst gar nicht auf so in der Landschaft da draußen

MARTIN vielleicht sollte ich jetzt mal eben diesen Wandschirm hier zerstören

DORIS oh nein
nicht meinen Wandschirm

MARTIN wegreißen und kaputt trampeln
Kleinholz machen
Lagerfeuer anzünden

DORIS Hilfe
alles nur das nicht

MARTIN und dann
mal sehen
wer so dahinter –

DORIS bitte, tu es nicht
ich mache auch alles, was du –

Die Stimme lacht. Pause.

MARTIN du versprichst mir jetzt etwas

DORIS was?

MARTIN du versprichst mir
dass du mich nie mehr mit diesem scheußlichen Namen nennst

DORIS Martin?

MARTIN mit dem anderen

DORIS ach, den
den mit Kn–

MARTIN du versprichst mir
  dass du nie mehr behauptest, dass ich –
DORIS klein bin?
MARTIN nie mehr
  hast du das verstanden?
DORIS ja
MARTIN versprich es
DORIS ich verspreche es

Pause.

MARTIN kann ich das glauben?
DORIS weiß ich nicht
MARTIN wir kennen uns ja kaum
DORIS eben

Pause. Lulatsch kommt.

MARTIN wer ist das denn jetzt wieder
LULATSCH du bist der Neue
  ich bin hier schon ganz lange
MARTIN das sieht man
  schon sehr lange, was
  haha

Doris lacht. Pause.

LULATSCH es war so schön
  ohne die Anderen
  diese ganze Zeit
  ich habe gedacht
  hier habe ich endlich meine Ruhe
  wenn ich in Weck bin, kann ich ungestört nachdenken
  ohne dass die Anderen

mich immerzu ärgern
immer wird es gleich nicht mehr so schön
wenn die Anderen dazu kommen
wieso ist das so
Pause.
ich suche mir einen neuen Ort
STIMME ach nö
MARTIN wie kann man nur freiwillig
so unendlich lang sein
DORIS Bohnenstange Bohnenstange
MARTIN genau, Bohnenstange Bohnenstange
der berührt ja fast den Himmel
DORIS ob man sich da wohlfühlen kann
immer mit dem Kopf in den Wolken
MARTIN kommt mir sehr benebelt vor, der Gute
kriegt da oben eben nicht mit, was hier unten so läuft
ist alles einfach zu weit weg für die Bohnenstange
LULATSCH kriege doch was mit
MARTIN bei dir ist doch Hopfen und Malz verloren
fragt sich nur wo
LULATSCH sei still
MARTIN die Bohnenstange will mir das Reden verbieten
LULATSCH still jetzt
MARTIN willst du dich prügeln
musst du nur sagen
LULATSCH du sollst jetzt still sein
DORIS lass dir nichts gefallen
MARTIN zu weit weg, was
kommst gar nicht dran an mich
hähä
mit dem Kopf in den Wolken
hat noch keiner ne Kuh gemolken
Bohnenstange eins zwei drei
nie sieht einer am Lulatsch vorbei

Lulatsch haut mit einem Schlag Martin um.

DORIS was macht ihr denn da
ja habt ihr denn noch alle Tassen im Schrank
hier wird nicht geprügelt
ja wo gibt es denn so was
aufhören
aufhören
STIMME also echt

Pause.

MARTIN *zu Lulatsch* Mann, du kannst ja richtig ordentlich durchziehen
wenn du willst
LULATSCH will aber nicht
MARTIN du könntest hier den ganzen Platz beherrschen
LULATSCH welchen Platz
MARTIN sieht man dir gar nicht an
Pause.
tut mir leid
dass ich gesagt habe
du bist lang
ist mir einfach irgendwie sofort ins Auge gestochen
kommt nicht mehr vor
ein Witz in diese Richtung
mag es ja selber nicht
wenn man sich über Körperlängen lustig macht
DORIS ach
LULATSCH kann dein Problem ja nicht sein
MARTIN wieso?
LULATSCH bist du zu lang
MARTIN nein, aber –
LULATSCH was

Pause.

MARTIN fällt dir nichts auf
LULATSCH nein

Pause.

MARTIN wirklich nicht
LULATSCH nein

Pause.

MARTIN gar nichts?
LULATSCH dreh dich mal um
Pause.
nein, von hinten auch nicht
MARTIN das ist ja unglaublich
das ist ja total unglaublich
DORIS Manno
siehst du nicht, dass das ein totaler Zwerg ist?
der ist sowas von voll mini –
MARTIN Doris
du hast mir vorhin etwas versprochen
du hast gesagt, dass du –
DORIS ich habe jetzt aber Zwerg gesagt, Martin
Zwerg und mini
nicht Knirps und nicht klein
MARTIN ich muss jetzt mal eben schnell diesen Wandschirm hier zerstören
DORIS nein
nicht zerstören
bitte bitte
nicht meinen Wandschirm

Der Wandschirm schwebt plötzlich über dem Boden.

DORIS Hilfe!
lass sofort meinen Wandschirm wieder runter
Stimme kichert.
sonst sehen die doch alles
schnell
Stimme kichert.
ich wünsche mir, dass mein Wandschirm sofort wieder auf dem Boden steht

Der Wandschirm steht sofort wieder auf dem Boden.

DORIS das war knapp

Pause.

LULATSCH also, ich geh dann mal
MARTIN bleib doch, Kumpel
LULATSCH ist mir zu aufregend hier
MARTIN dann sag mir
bevor du gehst
noch eins
Pause.
findest du mich nun klein
oder nicht
LULATSCH für mich sind alle klein
MARTIN alle?
DORIS alle?
STIMME alle?
LULATSCH ein paar Zentimeter mehr oder weniger da unten
machen von hier oben
keinen Unterschied
MARTIN danke

danke sehr
du bist der erste, der das so sieht
Pause.
ich heiße Martin
und wie heißt du
Lulatsch schweigt.
wie du heißt
Lulatsch schweigt.
deinen Namen

Lulatsch versteckt sich. Pause.

MARTIN *zu Doris* wenn wir seinen Namen hätten
könnten wir ihn rufen
vielleicht würde er es sich dann anders überlegen
und wieder kommen

Pause.

DORIS ich weiß was
MARTIN was
DORIS ich erfinde einen Namen
MARTIN du kannst doch nicht einfach irgendeinen –
DORIS geht doch
pass auf
Pause.
Kilometerlanger Prinz
Größte Banane
Ellenlange Gipfelschönheit
Anmutiges Hochhaus
Goldene Bohnenstange
MARTIN Doris, hör auf
das sind keine echten Namen
du tust ihm nur weh

Pause.
bestimmt haben sie ihn in Da immer nur Lulatsch genannt
DORIS Lulatsch?
MARTIN langer Lulatsch
DORIS langer Lulatsch
MARTIN langer Lulatsch
und gelacht haben sie
ihn ganz gemein ausgelacht
und keiner ist aufgestanden und hat gesagt
hey, das ist mein Freund
Finger weg von meinem Freund
mit dem machst du das nicht
sonst kriegst du es mit mir zu tun
keiner hat das gesagt
keiner wahrscheinlich
wieder mal keiner keiner keiner
LULATSCH *kommt aus seinem Versteck* woher weißt du das
woher weißt du, dass es so war
MARTIN habe ich mir eben gedacht
LULATSCH *nur zu Martin*
habe ihn verloren irgendwo, meinen Namen
ist mir abhanden gekommen
so über die Jahre
habe alle alle gefragt
aber keiner konnte sich mehr erinnern

Pause.

DORIS ihn haben sie in Da immer Knirps genannt oder
Knirps Knirps Knirps
MARTIN jetzt ist der Wandschirm weg
DORIS Martin
MARTIN jetzt gibt es kein Pardon mehr

Der Wandschirm schwebt ein wenig mehr über dem Boden als das letzte Mal.

MARTIN oder so
STIMME *kichert* bitteschön
MARTIN dankeschön

Pause. Martin wundert sich.

DORIS ich wollte es Lulatsch doch nur kurz erklären
nur damit er auch Bescheid weiß
ganz kurz einmal erklären wollte ich es ihm doch nur
MARTIN eine letzte Chance kriegst du noch

Der Wandschirm steht wieder auf dem Boden.

MARTIN *zu Lulatsch* sind wir also beide weg, was
von den Anderen
LULATSCH *zu Doris* die auch
MARTIN Doris?
LULATSCH auch weg
von den Anderen
DORIS ach was
ich doch nicht
MARTIN Doris, wieso bist du in Weck
DORIS och, eigentlich ein Zufall eigentlich
MARTIN ein Zufall?
DORIS ein klitzekleiner zufälliger Zufall
LULATSCH gibt keinen Zufall hier
nicht in Weck
DORIS finde es eben schön hier
so irgendwie
nett hier
mit so netten –

MARTIN aha
DORIS lässt sich hier eben gut aushalten
MARTIN soso
LULATSCH und hinter dem Wandschirm ist es besonders schön
DORIS jawohl
hinter dem Wandschirm
ist einfach eigentlich mein Zuhause sozusagen
Pause.
nicht gucken

Die Stimme lacht.

MARTIN er könnte gucken
er könnte einfach drüber gucken
ist ja ein Ding
der muss nicht mal auf die Zehenspitzen
der könnte einfach so drüber gucken
LULATSCH sitze aber jetzt hier

Pause.

MARTIN genau
Setzt sich dazu.
wir warten

Pause. Noch eine Pause. Und noch eine Pause.

DORIS nichts sage ich
gar nichts nie
und nimmer
Pause.
wenn ihr das Schlimmste wisst
dann wird es wieder wie in Da
ich bin die Erste, an die man sich erinnert

aber keiner will mit mir zu tun haben
Pause
solange ihr nur meinen Kopf seht
kann ich mich wenigstens
unterhalten
Noch eine Pause.
ich wünsche mir ein Land
wo alle so sind wie ich

Pause. Lichtwechsel. Musik. Ausgepolsterte Kleidung kommt. Martin und Lulatsch ziehen sie an. Doris ist so konzentriert auf die Verwandlung, dass sie nicht zu bemerken scheint, dass ihr Wandschirm verschwindet.

DORIS in diesem Land
wäre ich nichts Besonderes mehr
in diesem Land
würde ich nie mehr angestarrt
in diesem Land
hätte ich lauter Freunde

Herzliche Begrüßung unter Gleichen. Freundschaftsszenen. Essen in rauen Mengen kommt, sie schlagen sich die Bäuche voll. Anschließend wird getanzt. Irgendwann haben Martin und Lulatsch genug.

MARTIN ist das heiß hier
LULATSCH dick sein ist ganz schön anstrengend

Martin und Lulatsch ziehen die dicken Kostüme wieder aus. Das Essen und die Kostüme verschwinden, die Musik hört auf. Doris, die nichts von allem bemerkt hat, tanzt alleine weiter. Martin und Lulatsch starren sie eine Weile an. Pause. Doris hört auf zu tanzen.

DORIS wo ist denn die Musik hin?

und das ganze Essen?
und eure Bäuche?
Pause.
nichts davon mehr wahr?
alles wieder blöd normal?
Realisiert, dass der Wandschirm nicht mehr da ist. Pause.
ich will hier nicht so sein
ich will jetzt sofort wieder zurück will ich
Pause.
macht auf der Stelle eure Augen zu
vergesst sofort auf der Stelle augenblicklich was ihr seht

Das tun sie nicht. Pause.

LULATSCH Doris ist eben auch einfach anders
MARTIN sie ist nicht so anders wie ich
LULATSCH nein
MARTIN auch nicht so anders wie du
LULATSCH nein
MARTIN aber sie ist eben auch einfach anders
LULATSCH sieht man ja
MARTIN Doris ist dick
LULATSCH eine dicke Doris
MARTIN deswegen also hier
STIMME jo

Pause.

MARTIN Doris ist dick
LULATSCH eine dicke Doris

Hänselgesang mit den letzten beiden Zeilen während folgender Textpassage.

DORIS diesmal bin ich vor dem Sportfest weg
jedes Jahr ist es das Gleiche
wer kann keinen Weitsprung?
LULATSCH die dicke Doris?
DORIS wer kann keinen Hochsprung?
MARTIN die dicke Doris?
DORIS wer kann nicht rennen?
MARTIN/LULATSCH die dicke dicke Doris!
DORIS sagt das nicht so
Pause.
die Anderen haben sich gefreut
dass ich da war
so hatten sie nie Angst, selber Letzte zu werden
Pause.
dieses Jahr war ich aber die Allerschnellste
war schon weg bevor die Anderen losgelaufen sind
LULATSCH weg und dann hierher
DORIS wohin denn sonst
MARTIN ja, wohin sonst
LULATSCH ja, wohin

Gemeinsamkeit. Auf Augenhöhe.

MARTIN zum Beispiel will man weg
wenn nie die Kleidung passt
DORIS und man das Nähen hasst
LULATSCH Nähen ist schrecklich
MARTIN nie passt etwas
LULATSCH zu kurz
zu breit
zu eng
MARTIN zu groß
zu weit
zu lang

DORIS zu eng
zu eng
zu eng
LULATSCH aber hier
DORIS das ist so toll
MARTIN hier in Weck passt einfach alles auf Anhieb
Pause.
ein Traum vielleicht?
LULATSCH ein Traum
so wird es sein
DORIS ein Traum?
STIMME in Weck ist es eben einfach am schönsten

Pause.

MARTIN wer redet da eigentlich immer?
DORIS na, die Stimme
LULATSCH na, die Stimme
MARTIN ach so
kann man nichts machen

Pause.

LULATSCH lang kurz dick
MARTIN kurz dick lang
DORIS dick lang kurz

Pause.

MARTIN kann man nichts machen
gegen das Anderssein?
LULATSCH wüsste nicht wie
DORIS wüsste nicht wie
MARTIN ich wünsche mir so sehr groß zu sein

STIMME bitteschön

Pause. Ein Podest schwebt herunter. Martin klettert drauf.

MARTIN oh
Lulatsch
ich bin so groß wie du
LULATSCH ja, das sehe ich
aber warum willst du das bloß
MARTIN nie mehr ein Winzling sein
LULATSCH immer als Riese durch die Welt
MARTIN immer gesehen werden
LULATSCH nie sich verstecken können
MARTIN endlich den Überblick haben
LULATSCH immer alles sehen müssen
MARTIN an alle Dinge selber dran kommen
LULATSCH nie etwas gereicht kriegen
MARTIN immer für voll genommen werden
LULATSCH nie mal klein sein dürfen
MARTIN immer sagen, wo es lang geht
LULATSCH immer sagen sollen, wo es lang geht
MARTIN und keiner tätschelt mir mehr über den Kopf
LULATSCH und nie tätschelt mir jemand über den Kopf
nie
Pause. Lulatsch weint.
ich wäre so gerne klein
DORIS bitte wünsch es dir nicht
das geht bestimmt nicht gut
bleib, wie du bist
kleiner werden ist nicht so einfach
MARTIN aber wenn er es doch unbedingt will
LULATSCH ich wünsche mir so sehr klein zu sein
Nichts passiert.

hast du nicht gehört
ich wünsche mir so sehr klein zu sein
STIMME und wie soll ich das machen??
LULATSCH woher soll ich denn das wissen

Nichts passiert. Pause.

STIMME ah, jetzt weiß ich

Eine Säge kommt. Sie schwebt über ihren Köpfen. Schweigen.

DORIS da haben wir den Salat
und was soll er jetzt bitteschön absägen
den Kopf vielleicht
LULATSCH nicht den Kopf
MARTIN die Arme
LULATSCH nicht die Arme
DORIS davon wird er nicht kürzer
MARTIN den Po
LULATSCH nicht den Po
DORIS zu mitten drinnen
MARTIN bleiben die Beine
die Beine vielleicht
LULATSCH meine Beine?
MARTIN könnte gehen
LULATSCH nein
DORIS dann nicht mehr
MARTIN wir brauchen jetzt aber irgendeine Lösung hier
DORIS wir brauchen keine Lösung
nicht so eine
bist du verrückt
da spritzt doch dann Blut
wie sieht das denn dann hier aus
da werden wir doch alle ohnmächtig von

LULATSCH und das tut doch weh
MARTIN still jetzt
quatsch nicht immer dazwischen
DORIS sei du doch still
quatsch du nicht immer dazwischen
MARTIN Ruhe jetzt
DORIS Ruhe jetzt
MARTIN Ruhe jetzt
DORIS Ruhe jetzt
STIMME Lulatsch muss die Säge ja nicht benutzen
wenn er nicht will

Pause.

LULATSCH ist man so, wie man ist?
MARTIN ja

Pause.

DORIS man ist so wie man isst?
MARTIN wie man ist

Pause.

LULATSCH dann eben nicht
wenn es nicht geht
wenn es nur so geht
dann eben nicht
Pause.
keine Säge bitte

Die Säge verschwindet. Pause.

LULATSCH bleibe ich eben hier
bleibe ich eben lang und hier
geh ich eben nie mehr nach Da zurück

MARTIN nicht zurück nach Da?
nie mehr?
LULATSCH weggeschickt haben sie mich
du passt nicht rein
haben sie gesagt
wer wie ein Spargel aussieht
der gehört nicht zu uns
geh weg
bevor wir dir Beine machen
du hast ja nicht mal einen Namen

Schweigen.

DORIS mit euch habe ich mich schon länger unterhalten
als mit irgendwem von Da
ist das nicht ein Ding
ich fühle mich so wohl mit euch

Pause.

LULATSCH Doris, du
du könntest es vielleicht schaffen
DORIS was
LULATSCH dich zu verändern
DORIS warum soll ich mich denn verändern
STIMME du bist genau richtig, Doris
DORIS bin ich zu klein
STIMME nein
DORIS oder zu groß
STIMME nein nein
DORIS ganz und gar nichts davon bin ich
MARTIN nichts davon, nein
DORIS lass mich in Ruhe
lass mich sofort auf der Stelle

augenblicklich in Ruhe
will nichts gar nichts mehr hören von dir
MARTIN zu dick bist du, Doris
viel zu dick
viel zu viel zu viel zu dick

Pause. Noch eine Pause.

DORIS du hast es gesagt, Martin
das Schlimmste
du hast es einfach gesagt, Martin
weißt du nicht
wie total schrecklich verletzend das ist
wenn man so etwas Gemeines
wenn man das Schlimmste
einfach sagt
Martin

Pause.

MARTIN Entschuldigung
Pause.
aber ist doch so
LULATSCH ist nur neidisch
der Martin
würde sich auch gerne verändern
kann er aber nicht
muss so bleiben, wie er ist
immer immer immer
Pause.
bleibst nur du dafür, Doris
du kannst es schaffen
STIMME ach was wozu denn

MARTIN hallo
kannst du da oben nicht mal ruhig sein
LULATSCH du kannst dich verändern
du kannst schlank werden
gehst dann irgendwann zurück nach Da
schlenderst locker durch die Straßen und sagst
»huhu Leute
ich bins, die Doris
erkennt mich hier noch irgendjemand«
DORIS meinst du
LULATSCH und die Anderen sagen
»ist das tatsächlich unsere Doris?
so würde ich aber auch gerne mal aussehen
wie hat die das nur geschafft«
DORIS ich könnte zurück nach Da
STIMME aber warum willst du das bloß
DORIS ich wäre nicht immer die Letzte beim Sportfest
STIMME das ist nicht so leicht, wie du denkst
DORIS und alles andere wäre auch anders
Pause.
ich wünsche mir
STIMME nein, tu es nicht
DORIS ich wünsche mir, dass ich nicht mehr so dick bin
STIMME das habe ich befürchtet
DORIS ich wünsche mir, dass ich nicht mehr so dick bin
STIMME warum kann ich nur nie etwas
gegen diese Wünsche machen

Jede Menge Trimm-dich-Geräte kommen. Springseil, Fahrrad, Hanteln, Turnstange oder Ähnliches. Trainingsatmosphäre. Doris beginnt zu trainieren. Von Martin und Lulatsch wird sie unterstützt, ermutigt, getröstet, angefeuert oder auch mal beschimpft.
Die Stimme versucht währenddessen, Doris von ihrem Vorhaben abzubringen. Lässt Essen vorbei schweben etc. Die folgenden Sätze

können so eingesetzt werden, wie es zu den Aktionen auf der Bühne passt.

STIMME komm Doris, gönn dir mal wieder was
das sieht ja so lecker aus
jetzt mach mal eine Pause
komm, gib auf, ist nicht schlimm
wünsch dir doch mal wieder was
keiner sagt, dass du dich so abmühen musst
was für ein Stress

Dazu:

DORIS ich schaffe das nie
ich kann nicht mehr
ich will das alles nicht
ich habe so Hunger
gleich schmeiß ich alles hin

Doris' Fettschichten blättern ab.

DORIS Hilfe
STIMME oh nee oh nee oh nee
DORIS Hilfe

Ende des Trainings.

LULATSCH sie hat es geschafft
tatsächlich geschafft
MARTIN ist ja ein Ding
DORIS ich habe es geschafft?

Pause.

STIMME ich räume jetzt nicht auf
DORIS ich bin schön
MARTIN stimmt
STIMME das kann keiner von mir verlangen
DORIS von Kopf bis Fuß und rundherum
kann die Augen gar nicht von mir lassen
hält mal jemand mal bitte mal eben meinen Spiegel schnell
STIMME nö

Martin macht es. Doris begutachtet sich von allen Seiten.

DORIS auch von dieser Seite
und von dieser
und von dieser
rund und rundherum
alles so neu
das schönste Kind auf Erden
ich
ich brauche neue Kleidung
Nichts passiert.
ich wünsche mir neue Kleidung

Kleidung kommt. Doris beginnt sich neu einzukleiden.

DORIS ich habe es geschafft
die dicke Doris ist nicht mehr dick
nur noch Doris
Pause.
ich kann zurück nach Da
DORIS/LULATSCH locker durch die Straßen schlendern
»huhu Leute
ich bins, die Doris
erkennt mich hier noch irgendjemand«
DORIS *schaut Lulatsch an* ohne dich, Lulatsch

hätte ich das nicht geschafft
ohne dich
wäre ich immer noch so schrecklich schrecklich anders
LULATSCH meinst du?
DORIS lass uns zusammen zurück nach Da
locker durch die Straßen schlendern
los komm mit
ich will jetzt immer bei dir sein
LULATSCH häh?
DORIS du musst keine Angst haben
nichts ist mehr wie früher
in Da passiert uns nichts
und wenn doch
dann haben wir ja uns
LULATSCH aber
DORIS worauf wartest du
ich bin jetzt schlank und schön
man sagt doch immer
denen liegen alle zu Füßen

Pause. Keine Reaktion.

MARTIN zu weit unten vielleicht
LULATSCH ich verstehe gerade überhaupt nichts mehr
MARTIN an die Füße komme schon eher ich –
DORIS Martin, das mit den Füßen habe ich eigentlich nur so gesagt
das ist eigentlich nicht wirklich irgendwie richtig wichtig
es ist nur, dass ich –
LULATSCH ich will nicht
MARTIN vielleicht könnte ich
also, einspringen
an seiner Stelle, meine ich
wenn es dir nichts ausmacht, Doris

gehe ich mit dir mit
zurück nach Da

DORIS du?

MARTIN locker durch die Straßen schlendern
»huhu Leute,
ich bins, die Doris
erkennt mich hier noch irgendjemand«
Pause.
du musst keine Angst haben, Doris
nichts ist mehr wie früher
in Da passiert uns nichts
und wenn doch
dann haben wir ja uns

DORIS so ein Quatsch

Pause.

DORIS *zu Lulatsch* du kommst nicht mit?
zurück nach Da?

LULATSCH nein

Pause.

DORIS das ist zu viel

Pause. Doris nähert sich dem noch herumstehenden Essen.

STIMME genau, Doris
gönn dir mal wieder was
so ists richtig

DORIS *isst* ich war noch nie verliebt in meinem Leben
noch nie verliebt
ich habe gedacht
so eine wie ich

da geht das gar nicht
aber jetzt
habe ich es eben mal versucht
mit dem Verliebtsein
und dann so was
gleich auf die Schnauze, wie beim Sportfest
aber eins sag ich dir, Lulatsch
so geht das nicht mit den Märchenprinzen
die sagen nicht
»ich verstehe gerade überhaupt nichts mehr«
die verstehen immer
alles
verstehst du, Lulatsch

LULATSCH nein

DORIS die sagen auch nicht »nein«
die sagen immer »ja«
»ja« sagen die
Lulatsch, »ja«
und »ich will«

STIMME bleibst du eben einfach noch ein bisschen bei mir, Doris
hier in Weck ist es doch auch schön
und Männer
gibt es ja noch mehr auf dieser Welt

DORIS *isst weiter* etwa diesen Knirps da?

MARTIN wo ist dieser verfluchte Wandschirm, wenn man ihn braucht?

DORIS ich will jetzt alleine sein
mutterseelenganzallein
nur weg hier
ich will ganz weg
ich will nach Ganz Weck

Stille.

MARTIN nach »Ganz Weck«?
LULATSCH was ist das denn jetzt wieder?
STIMME nein, Doris
mach das nicht
nicht nach Ganz Weck

Stille.

DORIS ich will nach Ganz Weck
Pause.
nur da bin ich endlich ungestört
Andere können so lästig sein

Der Eingang zu Ganz Weck erscheint.

STIMME hör mir gut zu, Doris
nur noch ein Mal
mit Ganz Weck ist nicht zu spaßen
wenn du nach Ganz Weck gehst, ist es vorbei mit uns
DORIS ich brauche dich nicht mehr
LULATSCH mach keine Dummheiten, Doris
wer weiß, wie es in »Ganz Weck« ist
MARTIN können wir dann noch zu dir?
LULATSCH bleib hier, dann bist du sicher
DORIS was habe ich davon
sicher zu sein
LULATSCH Freunde
hier hast du Freunde

Pause.

DORIS Freunde?
ich habe Freunde?

Pause.

MARTIN ja, Freunde
LULATSCH mit denen man sich unterhalten kann
MARTIN mit denen man Quatsch machen kann
LULATSCH die einen bei der Stange halten
wenn man aufgeben will
MARTIN oder einem den Spiegel halten
wenn man sich betrachten will
LULATSCH oder einen zurückhalten
wenn man weglaufen will
MARTIN Freunde, die tun
was Freunde eben so tun
LULATSCH und was sonst keiner eben so tut

Martin nimmt Doris das Essen weg. Pause.

DORIS lasst mich in Ruhe
ich brauche euch nicht
ich will alleine sein
ich will jetzt einfach nur –
LULATSCH nein
MARTIN nicht
STIMME nicht nach Ganz Weck
DORIS nach Ganz Weck

Doris ab in Richtung Ganz Weck.

STIMME Adieu

Stille. Lulatsch und Martin alleine.

LULATSCH aber du
MARTIN ich
LULATSCH bist doch einer
oder
MARTIN ein was

LULATSCH Freund

Pause.

MARTIN aber gerne
aber natürlich
aber natürlich gerne
danke
LULATSCH finde ich auch

Pause.

MARTIN ist schön
so mit Freund
LULATSCH hmm
MARTIN nicht mehr so einzeln irgendwie
LULATSCH nicht mehr einzeln
nein

Pause.

MARTIN ich habe ihn gefunden
LULATSCH wen
MARTIN deinen Namen
LULATSCH meinen Namen?
du hast meinen Namen gefunden?
MARTIN ja
LULATSCH wo
MARTIN in meinem Kopf
LULATSCH da drinnen?
MARTIN willst du ihn wissen?
LULATSCH ja natürlich nee weiß nicht
MARTIN ich flüstere ihn
LULATSCH vielleicht besser

Martin flüstert Lulatsch seinen Namen ins Ohr. Pause.

MARTIN eindeutig
LULATSCH ich heiße –
MARTIN schön, was
LULATSCH ich habe einen Namen
ich heiße
MARTIN ja
er war einfach plötzlich da
drinnen

Lulatsch geht mit seinem neuen Namen spazieren.

LULATSCH habe ihn überall gesucht
so lange überall gesucht
MARTIN nur nicht in meinem Kopf
LULATSCH du hast mir meinen Namen gesagt
MARTIN musste ich doch
wie solltest du ihn sonst finden
wo du doch nicht in meinen Kopf reingucken kannst
obwohl du so groß bist

Pause.

LULATSCH bleiben wir jetzt zusammen?
MARTIN ein Großer und ein Kleiner
das könnte gehen
LULATSCH immer?
MARTIN wir gehen nach Da zurück
STIMME nee
MARTIN mit dir an der Seite verhaut mich keiner mehr
ein Großer und ein Kleiner
wir wären wer
STIMME aber

warum wollt ihr denn unbedingt auch gehen
jetzt, wo es gerade so schön ist
genießt doch einfach euer Leben hier
wünscht euch doch mal wieder was
MARTIN wer bist du eigentlich

Pause.

STIMME wer, ich?
MARTIN ja, du

Pause.

STIMME aber Martin
das weißt du doch
ich bin die Stimme
MARTIN schon klar
aber was willst du von uns
LULATSCH genau
was willst du von uns

Pause.

STIMME wie
was ich will
MARTIN du mischst dich dauernd ein
LULATSCH jawohl
STIMME ich wohne hier
Weck ist eigentlich mein Zuhause sozusagen
da kann ich doch auch mal was sagen
MARTIN kommt mir nur so vor
als wolltest du die ganze Zeit irgendwas erreichen

Pause.

STIMME aber das ist ja ganz weit hergeholt
haha ist das lustig
was kann ich schon erreichen wollen
ich bin doch bloß
die Stimme
MARTIN das ist es
dir fehlt was
LULATSCH ein Körper
ihr fehlt ein Körper
MARTIN genau
der Stimme fehlt ein Körper
sie wäre gerne so wie wir
LULATSCH sie wäre gerne so wie wir?
MARTIN so wie wir

Pause.

STIMME was bildet ihr euch ein
nie im Leben hätte ich gerne so einen komischen Körper
zu lang, pfui Teufel
zu kurz, mein Gott
zu dick, ach nee, die ist ja gegangen
Pause.
einen Körper, an dem alles stimmt, ja
mit dem man alles machen kann
dem alle hinterhergucken
den ich bewegen kann, wie ich will
ja, da hätte ich Spaß dran
wenn ich so einen haben könnte
dann hätte ich gerne einen Körper
aber bloß irgendeinen dieser normalen dahergelaufenen komischen unförmigen –
MARTIN jetzt reichts
LULATSCH absolut

MARTIN sie ist nur neidisch
LULATSCH durch und durch neidisch
MARTIN du körperlose neidische Nuss
LULATSCH jawohl
genau
richtig
STIMME das ist nicht fair
ihr seid echt gemein zu mir
nach allem, was ich für euch –
LULATSCH wir müssen hier weg
MARTIN das müssen wir

Pause.

STIMME lasst mich nicht allein
bitte
MARTIN doch, wir gehen
LULATSCH zurück nach Da
MARTIN uns reichts
LULATSCH uns reichts
STIMME aber
LULATSCH endgültig
MARTIN endgültig
STIMME aber
wartet doch kurz
Moment, ähm
was sage ich jetzt
ich komme gleich drauf
richtig
natürlich
jetzt habe ichs
was ist eigentlich mit Doris
MARTIN Doris?
LULATSCH was ist eigentlich mit Doris?

Erstes Löwengeräusch aus der Richtung von Ganz Weck.

MARTIN was sie wohl macht
STIMME könnt ihr wirklich zurück nach Da
  ohne sie?
  seid ihr nicht mit ihr befreundet?
  könnt ihr sie wirklich alleine in Ganz Weck zurücklassen?

Pause.

MARTIN warum ist Doris nicht einfach hier geblieben
LULATSCH hat sie nicht gewollt
MARTIN jetzt ist sie weg

Zweites Löwengeräusch aus der Richtung von Ganz Weck.

LULATSCH und wir haben den Salat
MARTIN weißt du noch
  wie sie das hingekriegt hat
  mit dem ganzen
  nennen wir es mal Sport
LULATSCH das war was
MARTIN toll war das
  und überhaupt
  ihr Gesicht
  ihr Lachen
LULATSCH das Getue mit ihrem Wandschirm
MARTIN und diese ganzen Frechheiten ständig
  toll
LULATSCH du wirst dich ja wohl nicht
  in sie verliebt haben
MARTIN verliebt?
  was ist das denn?
LULATSCH mich darfst du das nicht fragen

Drittes Löwengeräusch aus der Richtung von Ganz Weck.

DORIS *aus dem Off* Hilfe!
LULATSCH was sie wohl –
MARTIN Doris!

Die Geräusche werden stärker, vielfältiger und sind nicht mehr so einfach zuzuordnen.

MARTIN was machen wir jetzt
LULATSCH oje
MARTIN was kann man denn da machen
oje oje
LULATSCH kann man da noch etwas machen?
DORIS *off* Hilfe!
MARTIN man muss –
wir können doch nicht einfach nur
hier rumstehen
LULATSCH aber was willst du denn
also machen
MARTIN vielleicht sehen wir Doris nie wieder
LULATSCH nie wieder?

Pause.

MARTIN ich gehe
LULATSCH alleine?
MARTIN ja, ich will
LULATSCH von mir weg?
MARTIN ich hole Doris da jetzt raus
koste es, was es wolle
LULATSCH aber das geht nicht
MARTIN aber das muss gehen
LULATSCH weggehen geht nicht
DORIS Hilfe! Hilfe!

LULATSCH könnte nicht ganz einfach sein
die Aufgabe
MARTIN nicht so ganz einfach, was
aber hey
wer wenn nicht ich
LULATSCH ich vielleicht
MARTIN du?
du willst Doris retten?
LULATSCH naja, ich bin schon ein bisschen –
MARTIN größer, meinst du?
LULATSCH ein kleines bisschen
MARTIN aber du hast doch gar keinen Mumm in den Knochen
Pause. Macht sich startklar.
Retter mögen sie alle
sie wird mich mögen
mich
das wäre was
DORIS Hilfe!

Pause.

MARTIN ich gehe da jetzt rein
auf beiden Armen trage ich sie aus der Gefahr
Pause.
Lulatsch, das wird gleich
eine Rettung im letzten Augenblick
Doris ist bestimmt sehr erschöpft
hier lege ich sie dann hin
damit sie sich ausruhen kann
dann klammert sie sich an mich
will mich gar nicht mehr loslassen
dann bedankt sie sich bei mir
tausendmal
so und so und so

LULATSCH ja, sehr schön
hast dus bald
MARTIN und dann gehen wir zusammen fort
weg aus Weck
Doris und ich

Pause.

LULATSCH das geht nicht
MARTIN wieso nicht
LULATSCH was ist dann mit mir
MARTIN mit dir?
LULATSCH wir wollten doch zusammen zurück
nach Da
ein Großer und ein Kleiner
wir wären wer
MARTIN oh
LULATSCH das kannst du nicht plötzlich einfach so umbeschließen
da musst du mich erst fragen
MARTIN ach so
muss ich das, ja
LULATSCH das musst du
MARTIN und wer sagt das
LULATSCH ich sage das
MARTIN und da soll ich jetzt drauf hören oder was
LULATSCH das sollst du, ja

Doris kommt. Sie ist eindeutig wieder dicker, wenn auch nicht so dick wie zu Beginn des Stückes.

DORIS da kann man ja schwarz werden
bis einen mal einer rettet
MARTIN Doris
LULATSCH du hier

STIMME oh, Doris
du bist ja wieder da

Pause.

LULATSCH wie hast du das nur geschafft
MARTIN all die wilden Löwen
LULATSCH man sieht gar keine Kampfspuren
MARTIN wie hast du das geschafft
LULATSCH dass sie dich nicht ratzfatz aufgefressen haben

Pause.

DORIS wer
LULATSCH na, die wilden Löwen
MARTIN mit denen du die ganze Zeit gekämpft hast
DORIS ich habe die ganze Zeit mit wilden Löwen gekämpft?
das habt ihr geglaubt?
MARTIN nicht geglaubt
LULATSCH nein, gewusst
MARTIN da sind wir uns sicher
LULATSCH sehr sogar
DORIS und keiner von euch ist auf die Idee gekommen
dass wenn man also
wie ihr sagt
die ganze Zeit mit wilden Löwen kämpft
dass man da eventuell ein wenig Hilfe benötigen könnte?

Pause.

MARTIN doch
ich
LULATSCH das stimmt
er wollte dich retten

er war eigentlich sozusagen im Grunde genommen fast schon längst auf dem Weg
wir hatten nur noch eine kleine Auseinander-
DORIS *zu Martin* du wolltest mich retten?
ist das wahr?
MARTIN ach, nur so ein bisschen
so ein bisschen retten eben
nicht der Rede wert
DORIS mich wollte jemand retten
ein Freund
ein Martin
MARTIN ein Martin, ja
DORIS ein Martin wollte mich retten

Pause.

LULATSCH wie war es denn
in Ganz Weck
mir scheint, du bist wieder ein wenig dick geworden
MARTIN du hast es gesagt, Lulatsch
das Schlimmste
du hast es einfach gesagt
weißt du nicht
wie total schrecklich verletzend das ist
LULATSCH Entschuldigung

Pause.

MARTIN erzähl Doris
erzähl uns von Ganz Weck

Pause. Gemeinsamkeit. Auf Augenhöhe.

DORIS in Ganz Weck

gibt es niemanden
nicht mal ein Echo
man kann stundenlang gehen
und ist doch nur im eigenen Kopf unterwegs
niemand da zum Erzählen
zum Träumen
zum Fragen
zum Ärgern
zum Anlehnen
nur die eigenen Gedanken
immer nur die eigenen Gedanken
und alles weiß
alles alles weiß
Pause.
wo keiner ist
da will ich nie mehr hin
Pause.
LULATSCH und die wilden Löwen
wir haben doch so viele wilde Löwen gehört
DORIS ich weiß nicht, was du meinst
bei mir war alles still
einfach nur still
Pause.
was machen wir jetzt
LULATSCH nun
MARTIN wir wollten eigentlich gerade –
STIMME ja genau
geht doch einfach
lasst mich ruhig hier alleine
erst sich bedienen lassen
Partys feiern und so
und dann abhauen
mit mir kann man es ja machen, was
jaja

Pause.

LULATSCH gehen wir?
MARTIN gehen wir
zurück nach Da

Pause.

DORIS nehmt ihr mich mit
zurück nach Da
dick lang kurz?
MARTIN kurz lang dick?
LULATSCH lang kurz dick
MARTIN wir lassen keinen im Regen stehen
DORIS oh danke
dankesehr

Sie wollen gehen.

STIMME nein nein
keiner bleibt im Regen stehen
so ohne Körper kann man ja auch gar nicht nass werden

Pause.

DORIS was wenn sie sich in Da doch wieder über mich lustig machen
ich bin immer die Erste, an die man sich erinnert
MARTIN an jeden von uns erinnert man sich sofort
LULATSCH mich haben sie immer gerne übersehen
MARTIN dass man dich sieht
dafür sorgen wir jetzt
DORIS und dass dich keiner verprügelt
dafür sorgen wir
LULATSCH genau

wer dich verprügeln will
bekommt es mit mir zu tun
DORIS mit uns
mit uns bekommt er es zu tun
LULATSCH mit mir
DORIS mit uns
LULATSCH mit mir
DORIS mit uns
MARTIN gehen wir jetzt?

Pause.

DORIS wir gehen
LULATSCH wer wenn nicht wir
MARTIN tatsächlich zurück nach Da
DORIS und so wie wir sind
LULATSCH so wie wir sind
MARTIN so wie wir sind

Sie gehen durch die Tür zurück nach Da.

STIMME geht ihr nur
ich brauche euch auch nicht mehr
müsst ihr nicht glauben
Pause.
eigentlich ganz schön, diese Ruhe
Pause.
mal für einen Moment ungestört sein
Pause.
ohne das die Anderen immerzu dazwischen quatschen
Pause.
unterhalte ich mich eben mit dem nächsten
Pause.
der kommt bestimmt gleich um die Ecke

Pause.
Andere gibt es ja viele auf der Welt
Pause.
ist da vielleicht schon einer?
Pause.
hallo?
noch keiner da?
Pause.
ich kann warten

Falls sich jemand auf den Aufruf melden sollte, endet die Stimme mit »dann komm doch her«.

Ende.

Raus aus dem Haus

Personen

A

B

1.

Auf der Bühne ein Haus. Morgens, die Sonne geht auf. Im Haus A und B. Erste Geräusche – Gähnen, Strecken. Pause.

A aufgewacht?
B aufgewacht

Pause.

A raus aus dem Bett?
B raus aus dem Bett

Pause.

A schnell aufs Klo

Pause. Klogeräusche. B geht auch.

B fertig

Pause.

A umziehen
B Schlafanzug aus
A Hemd an
B Hose an
fertig

Pause.

A frühstücken
B knirsch knack kau schluck
A trink trink trink
B fertig

Pause. Dann guckt A raus. Sieht die Kinder und verschwindet wieder. Guckt noch mal vorsichtig. Verschwindet wieder. Pause. A streckt ein, zwei Füße raus. Wird von B wieder ins Innere des Hauses gezogen. Pause. Innen Diskussion.
A streckt jetzt an anderer Stelle die Hände raus, B die Füße. Sie tasten damit herum; beginnen sich langsam aus dem Haus heraus zu arbeiten, A vorwärts, B rückwärts. Dann stehen sie da. A betrachtet das Publikum. B nicht. Pause.

A gucken
B gucken?
A nur gucken

Pause. B dreht sich vorsichtig auch zum Publikum. Pause.

B raus aus dem Haus
A rein in den Tag
B und gucken
A gucken
B nur gucken
A Kuh

Pause.

2.

B Kuh?
A habe ich gesehen
B wo?
A dahinten

Pause.

B nicht hier vorne
hier vorne ist keine Kuh
hier vorne bist du
A und du
B aber keine Kuh
A nee, bloß du
B bloß wir hier vorne
A wir hier vorne
die Kuh dahinten

Pause.

B sehe sie nicht
deine Kuh
A schau doch einfach

Pause. Kuh kommt. Pause.

B Ui!
A nicht wahr?

Pause.

A sollen wir mal hin
sollen wir mal zur Kuh hin?

B weiß nicht
A ach komm jetzt
B weiß nicht
A los

Pause.

B weg vom Haus?
A warum nicht

Pause.

B nur mal kurz?
A nur mal kurz gucken
B gehen wegen der Kuh
A du

Pause.

A du zuerst
B nein, du
A du zuerst
B du fährst
A nach dir
B zum Tier
A gehen wir
B gehen wir

Sie bleiben stehen.

B und dann wieder zurück?
A natürlich
B geht schnell oder
einmal gucken
ohne zu mucken

A wir gehen gucken
B genau
A sind ja schon groß
B eben
A du zuerst
B zuerst du
zur Kuh

Pause. Sie gehen ein kleines Stück.

B groß und klein
ein Schwein ein Schwein

Pause.

A ein Schwein?
B nein?
A kein Schwein
B kein Schwein?
A eine Kuh
im Nu
B schubidu

Pause. Sie bleiben stehen.

B diese Kuh ist sehr groß
A ja
B wenn man hier so steht
A sehr sehr groß
B will ich da hin
wenn ich dann da kleiner bin?

Pause.

B also hin oder was?
A du zuerst
B nein, du
A du zuerst
B nein, du
A du zuerst
B nein, du
du Schuh

Positionenwechsel. Sie wollen losgehen. Die Kuh muht, beide kriegen einen Schreck.

A zu laut
B ja
A viel zu
B laut, jaja
A da gehen wir nicht
B hin nein
A wir lassen sie
B allein
A da stehen
da hinten
B kann da stehen
da hinten
wenn sie will
A allein
B nur nicht hier
hier sind wir
A hier vorne sind wir
B wir hier vorne
die Kuh dahinten

Pause.

3.

Mittags. Vogelgezwitscher. Die beiden fangen an mitzuzwitschern. Probieren, wer es am lautesten kann. Wer es am längsten kann. Wer es am schönsten kann. Wer es am höchsten oder am tiefsten kann. Ob es im Stehen am besten geht. Oder im Liegen. Da huscht was vorbei.

B eine Maus
  aus dem Haus

Pause.

A aus dem Haus raus?
  eine Maus?

Maus sitzt da.

B ist die klein
A so klein
B klitzeklitzeklein
A die ist noch ein Baby, gell
  ein richtiges Baby

Die Maus bewegt sich.

B wo will sie hin
A wusch und weg
  ins Versteck
B rund und rund
  herum wohin
A ums Haus
  die Maus
B bleib stehen, Maus

A hör auf zu gehen, Maus
B gell, die ist süß
A wie ein Baby
B klitzeklitzeklein
A rund und rund
B mal hier mal dort
A fort?

Pause.

A weg
B weg?
A kann nicht sein
B aber wo ist sie hin
die Maus

Große Suche.

A Maus!
B Mäuschen!
A Maus!
B Mäuschen!
A komm her
B fiep fiep
A komm schon
B fiep fiep
A wo ist sie nur
B wo bist du nur
kleines Ding

Pause. Die Maus kommt wieder.

A jetzt fange ich sie
B fangen?

A Achtung, gleich
B bist zu klein
A bleib du stehen
sonst rennt sie weg
B die ist viel schneller und größer als du
A die ist gar nicht größer als ich
B viel schneller und größer
A als du vielleicht

Pause.

B gut, größer nicht
aber schneller
die ist schneller als du

Pause.

A und wenn ich renn
B fällst du hin
auf dein Kinn
auf den Po
oder so
A mach ich nicht
du Gesicht

Rennt los. Fällt hin, tut sich weh. Die Maus ist wieder weg.

A ich geh ins Haus

A geht ins Haus. Pause. A kommt wieder.

A wieder da
Amerika
alles gut
du Hut

Pause. Keine Maus weit und breit.

B vielleicht kommt sie noch mal
die Maus
A ja, vielleicht kommt sie noch mal
später
B jetzt ist sie erstmal weg
A ist erstmal weg
ja

Pause.

4.

Nachmittags.

B rein ins Haus?
A ist noch nicht Zeit fürs Bett
B ich bin auf jeden Fall nicht müde
A ich bin nie müde
B ist ja noch hell
A ist ja auch noch hell
kein Mond am Himmel
B kein einziger

Pause.

A raus aus dem Haus
rauf auf den Berg
B au ja
auf den Berg

Berg erscheint.

A auf den Berg
du Zwerg
B ich zuerst
A nein, ich
B aber ich kann das
A nein, ich
B schon alleine
A ich auch
aus dem Weg
B nein
A doch
B nein
A doch

Sie versuchen den Berg zu erklimmen, das scheitert.

B oh, steil
A ein Seil

Findet es.

B gib her
A tue ich nicht
B ist das schwer
A zieh nicht so
B lass los
A nicht so ziehen
B tue ich doch nicht
A so doll
B ist das toll
A so doll
B ist das toll
A doll
B toll

A doll
B toll

Sie purzeln übereinander, verwirren sich im Seil, knoten sich wieder auseinander. Pause.

B gleich noch mal
A raus aus dem Haus
  rauf auf den Berg
B du Zwerg

Weitere Kletterversuche. Alle Alleingänge scheitern. A und B tun sich zusammen und erklimmen schließlich mit Hilfe des Seils den Berg.

B geschafft
A du Saft
B ganz oben
A nicht toben

Sie drohen runterzufallen.

B wackelt ohne Ende
A nimm meine Hände

Pause. Sie wackeln etwas weniger.

A siehst du das Haus da unten?

Unten steht ein kleines Haus.

B unser Haus?
A unser kleines Haus
B das sehe ich, ja

Pause.

B du, wir sind groß
A wir sind riesig
B wir sind Riesen
sind wir jetzt Riesen?
A schau uns doch an

Sie überlegen, ob das toll ist. Probieren das eine oder andere nach Riesenart. Und drohen gleich wieder runterzufallen. Pause. Es beginnt zu dämmern.

A Achtung
vor dir liegt ein aufgegessener Keks

Pause.

B wo?

Pause.

A na da

Pause.

B wo?
A irgendwo eben

Pause. B sieht natürlich nichts.

B ich will jetzt sofort diesen Keks sehen
zeig ihn mir
den Keks
ich will jetzt diesen aufgegessenen Keks sehen
sofort

A das geht aber nicht
B wieso nicht?
A weil man einen aufgegessenen Keks
nicht sehen kann

Pause. Es wird immer dunkler.

B mir reichts
ich will nach Hause
A hast du Hunger?
B ich habe Hunger
A habe ich es mir doch gedacht
B nicht wahr?
A ich habe auch Hunger
B wir müssen zum Haus zurück
A zu unserem Haus
B zu unserem kleinen
dort unten
irgendwo

Pause.

A schnell
run run run run run runter
B aber wie
A na, so
B aber wie
A na so doch
B nee, so

Mehrere Versuche vom Berg wieder runterzukommen. Nichts klappt. Schließlich springen sie todesmutig und landen vor der Haustür. Das Haus ist jetzt nicht mehr klein. Pause.

A nichts passiert
B nichts

Pause.

A hat Wumm gemacht
B aber egal
A aber egal

Pause.

5.

Abends.

B runter vom Berg
rein ins Haus
A Abendessen
B knirsch knack kau schluck
A trink trink trink
B fertig

Pause.

B umziehen
A Hose aus
B Hemd aus
A Schlafanzug an
B Zähne putzen
A schnell aufs Klo

Pause. Klogeräusche. B geht auch.

B fertig

Pause.

A ins Bett kuscheln
B noch vorlesen
A ja, vorlesen
B und Kuscheltier holen
A ja, Kuscheltier
B und Gute-Nacht-Kuss

Pause.

A tschüss Kuh
B tschüss Berg

Die Maus huscht vorbei.

A tschüss Maus

Pause.

B Licht aus
A/B Schlaf gut
bis Morgen

Sie singen:
Schlafe ein, mein Mäuschen
schlafe ein, meine Kuh
mach jetzt ein Päuschen
mach nicht mehr Muh

Die Nacht legt sich über
Riesen und Berge
sie versteckt vor dem Mond nun
Kekse und Zwerge

Gute Nacht, leg dich hin
der Tag ist vorbei
erst morgen gehts wieder
raus für uns zwei

Die Sonne geht unter. Ein einziger Mond erscheint am Himmel.

Komm jetzt geh

PERSONEN

FILL, ein Mädchen, zehn Jahre alt
DIE ALTE
DER FAHRER

Der Fahrer ist für Fill nicht wahrnehmbar.
Das Fahrzeug ist nicht wirklich von hier, aber auch nicht ganz von dort.

1. KOMMEN

Draußen. Auf der Bühne: das Fahrzeug. Die Alte kommt mit einem Koffer. Sieht das Fahrzeug, lächelt, angekommen. Sieht keinen Fahrer.

DIE ALTE doch noch zu früh
am Ende doch noch
Pause.
um was man sich alles kümmern muss
vor so einer Reise
Hunderte von Kleinigkeiten
denkt man so gar nicht
Pause.
aber jetzt habe ich es geschafft
Pause.
muss nur noch warten, bis das Ding abfährt
Pause.
lange kann das ja nicht mehr dauern
der Fahrer kommt bestimmt gleich

Der Fahrer kommt. Er ist ungewöhnlich gekleidet und wohl nicht ganz von dieser Welt. Im Verlauf des Stückes taucht er immer wieder an neuen Orten auf. Überall und nirgends und wie aus dem Nichts. Er verfolgt das Gespräch von Fill und der Alten und reagiert darauf.

FAHRER keine Angst
ich bin gleich da
Moment noch

Der Fahrer verschwindet wieder. Die Alte lässt ihren Koffer stehen, geht auf das Fahrzeug zu, setzt sich.

DIE ALTE es wird alles anders werden
alles anders

Fill kommt mit ihrem Schulrucksack. Sieht den herrenlosen Koffer stehen, hält inne. Sieht die Alte auf/in dem Fahrzeug sitzen.

FILL hey
hallo Sie da
DIE ALTE ist noch was?

Der Fahrer taucht wieder irgendwo auf, beobachtet.

FILL ich dachte nur –
ich glaube, Sie lassen da gerade Ihren Koffer stehen
Pause.
das ist doch Ihr Koffer?
DIE ALTE nun –
FILL was für ein Glück, dass ich vorbeigekommen bin, was
bin gerade um die Ecke gebogen
da habe ich ihn stehen sehen
den Koffer
mutterseelenallein
nachher klaut ihn noch jemand
Pause.
machen Sie sich nichts draus
jeder vergisst mal was
DIE ALTE also –
FILL was?
DIE ALTE ich habe den Koffer nicht vergessen
FILL nein?

Pause.

DIE ALTE er ist –

Pause.
zu schwer
zu schwer für mich jetzt
FILL warum haben Sie denn nicht den Fahrer gefragt?
Sieht keinen Fahrer.
ach so, der ist noch nicht da
warten Sie, ich helfe Ihnen
FAHRER was macht das Mädchen plötzlich hier?
FILL habe gerade noch etwas Zeit
vor der Schule
da kann ich Ihnen schnell mal behilflich sein
Pause.
fahren Sie weit weg?

Der Fahrer lacht.

DIE ALTE diesmal ja
es ist eine etwas längere Reise
FILL na, da braucht man ja auch einiges an Gepäck
Pause.
Himmel, ist der schwer
aber Sie ziehen nicht um, oder?
DIE ALTE nun –
FILL das nächste Mal sollten Sie einen Rollkoffer nehmen
die sind viel praktischer
Pause.
aber wahrscheinlich hängen Sie an dem schönen Stück, nicht wahr
ich hänge auch immer an meinen Sachen
finde es furchtbar, wenn die dann weg sind
habe neulich gerade meine Jacke –
Pause.
verloren
war ein Geschenk

Pause.
von meinem Vater
Pause. Zerrt am Koffer.
ich schaffe es auch ohne Rollen
bestimmt
ist ja nicht mehr weit
und wenns einen Moment länger dauert
wen störts
will ja auch nicht zu früh in der Schule –
Pausiert.
wirklich ein schöner Koffer

Die Alte guckt plötzlich skeptisch.

keine Angst
ich stehle ihn nicht
glauben Sie das bloß nicht von mir
ich stehle nie etwas
nie

Fill bugsiert den Koffer auf/in das Fahrzeug.

bitte schön
da haben Sie ihn wieder
wie versprochen

Pause.

DIE ALTE Dankeschön
FILL gerne geschehen
FAHRER ich kann nicht starten
solange der Koffer auf/in dem Fahrzeug ist
du weißt doch
nichts darf mit

Pause.

DIE ALTE *zu Fill* die Sache ist nur –
FILL ja?
DIE ALTE die Sache ist nur
eigentlich wollte ich den Koffer gar nicht mitnehmen

Pause.

FILL nicht mitnehmen?
ich habe das schwere Ding jetzt gerade umsonst in/auf das Fahrzeug gehievt?
DIE ALTE es tut mir leid
du warst so – so nett
ich meine, dass –
ich war so überrascht
dass sich jemand kümmert ohne –
bin ich gar nicht mehr gewöhnt
als kämst du aus einer anderen Welt
FILL Quatsch
FAHRER die doch nicht
die kommt doch nicht aus einer anderen Welt
FILL ich bin nur aus XY *(hier eine Stadt etwas entfernt vom Spielort einfügen)*
wir sind vor kurzem umgezogen
Pause.
meine Mutter und ich
DIE ALTE ja?

Pause.

FILL warum wollen Sie denn Ihren Koffer nicht mitnehmen?
DIE ALTE etwas einfach in der Landschaft herumstehen zu lassen
ist nicht ganz die feine Art, ich weiß
nachher hält ihn jemand noch für Sperrmüll

FILL brauchen Sie Ihre Sachen nicht mehr?
DIE ALTE ich denke nicht
FILL Sie reisen ganz ohne Gepäck?
DIE ALTE sollte man immer tun
im Grunde braucht man gar nicht viel
im Leben
Der Fahrer lacht.
zu dumm, dass ich das nicht schon früher herausgefunden habe
was habe ich mich in diesem Leben mit Sachen abgeplagt
Der Fahrer lacht. Pause.
nur heute
an meinem Reisetag
wollte ich es mir endlich einmal
einfach machen
»um diesen Koffer
kümmere ich mich jetzt nicht mehr«
habe ich gedacht

Pause.

FILL wenn Sie wollen
stelle ich Ihren Koffer wieder zurück
da, wo Sie ihn hingestellt hatten
Pause.
ich muss gleich los
als Neue
fällt man sowieso immer so auf
vielleicht besser
wenn ich nicht auch noch
zu spät komme
Pause.
wir tun so, als wäre nichts gewesen
wir fangen einfach noch mal an
DIE ALTE noch mal anfangen?

FILL ein Spiel, verstehen Sie?
habe ich mit Janne auch immer gemacht
es heißt: Alles auf Anfang
DIE ALTE wer ist Janne?
FILL Janne ist meine beste Freundin
also war
also ist
ist
sie wohnt nur jetzt
noch in XY *(wieder Stadt einsetzen)*
Pause.
»Alles auf Anfang« geht so:
man geht zurück
bis an einen bestimmten Punkt
und da entscheidet man sich neu
also in unserem Fall: ich stelle den Koffer wieder dort drüben hin
biege aber auf dem Weg zur Schule um eine andere Ecke
dann sehe ich ihn nicht
dann denke ich nicht
was macht der herrenlose Koffer hier
was, wenn er geklaut wird
den hat bestimmt jemand vergessen
was, wenn jemand seine ganzen Sachen da drinnen hat

Pause.

DIE ALTE das denkst du dann nicht
FILL nein
dann ist alles neu
der Weg
und auch die Gedanken
DIE ALTE die Gedanken neu
das klingt gut

Pause.
machen wir es so
Alles auf Anfang

Pause. Fill will den Koffer aus dem/vom Fahrzeug nehmen. Zögert.

DIE ALTE Auf Wiedersehen
FILL ja

Pause.

DIE ALTE ich fahre dann ja auch bald
ab
FILL ja, richtig
schade
Pause.
war nett
irgendwie
DIE ALTE war nett
ja

Pause.

FILL also dann
Auf Wiedersehen
DIE ALTE machs gut
FILL Fill
ich heiße Fill
DIE ALTE Krista
Pause.
hätte nicht gedacht
dass ich noch jemanden kennenlerne
und es ist geradezu eine Ewigkeit her
dass ich mich mit einem Kind –

FILL mit so einer Oma
rede ich auch nicht jeden Tag
wie alt sind Sie eigentlich
DIE ALTE zu alt
FILL geht trotzdem ganz gut, finde ich
DIE ALTE ja, findest du?
FILL man kann nicht mit jedem reden
DIE ALTE nein
FILL man will auch nicht mit jedem reden
DIE ALTE sehr richtig
FILL aber manchmal muss man
DIE ALTE leider auch wahr
FILL auch wenn man nicht will
DIE ALTE mit Leuten reden
ja

Pause.

FILL Alles auf Anfang?
DIE ALTE Alles auf Anfang
die Gedanken neu
ausgerechnet heute
FILL also dann

Fill will gehen. Pause.

DIE ALTE Fill?
FILL ist noch was?
DIE ALTE ich dachte nur eben
vielleicht hättest du ja Lust
diese eine –
aus meinem Koffer –
FAHRER das hält doch jetzt alles nur auf

Pause.

DIE ALTE ach nichts
doch nichts
FILL dann gehe ich jetzt also?
DIE ALTE ja, alles auf Anfang
machs gut, Fill

Pause.

FILL tut mir leid, wenn ich noch mal nachfrage –
FAHRER habe ich alle Zeit der Welt oder was
DIE ALTE *zum Fahrer* Entschuldigung aber
wer wenn nicht du

Pause.

FILL mit wem reden Sie?
DIE ALTE ich?

Pause.

FILL also, hören Sie –
Sie haben nicht viel
das ist es, oder?
Sie lassen den Koffer hier draußen stehen
weil sowieso nichts Wichtiges drinnen ist
DIE ALTE wie mans nimmt

Pause.

FILL wenn in diesem Koffer noch irgendwas Wichtiges drinnen sein sollte
bereuen Sie das später vielleicht
DIE ALTE nein nein

da bin ich durch
da sind nur lauter alte –

Pause.

FILL wir suchen nach einer anderen Lösung
ich kann Ihnen nicht helfen
sich Ihre Sachen klauen zu lassen
das geht mir doch nie mehr aus dem Kopf
Pause.
gehe ich eben erst zur zweiten Stunde in die Schule
DIE ALTE aber da fällst du doch dann auf
FILL ist eh alles egal
wenn Sie wüssten, was da noch so alles –

Pause.

DIE ALTE Fill, ich kann diesen Koffer unmöglich mitnehmen
weißt du, da wo ich hinfahre –
FAHRER da brauchst du ihn nämlich nicht mehr
nie mehr
DIE ALTE *zum Fahrer* sag sowas nicht
FAHRER ist doch so
DIE ALTE *zum Fahrer* das war gemein
sehr gemein
FILL Krista, mit wem reden Sie?
hier ist keiner außer uns

Die Alte antwortet nicht. Pause. Fill bietet ihr ihre Trinkflasche an.

FILL Schluck Wasser?
DIE ALTE ja, danke
das ist eine gute Idee

Trinkt. Pause.

FILL Sie können diesen Koffer da nicht stehen lassen
der wird sofort geklaut
DIE ALTE du bist auch an dem Koffer vorbeigekommen
und du hast ihn nicht geklaut
FILL ich nehme keine Dinge, die mir nicht gehören
auch wenn das manche vielleicht behaupten
ich klaue nicht
DIE ALTE hör zu, Fill
ich kann nicht mehr
ich habe schon ein paar Jährchen mehr auf dem Buckel
ich habe entschieden
dass der beste Ort für meinen Koffer
in der Landschaft da ist
ich möchte, dass das respektiert wird
ich möchte, dass er da jetzt wieder steht
und dass du jetzt in deine Schule gehst

Pause.

FILL gut
Pause.
wenn Sie nicht wollen
dass ich Ihnen helfe
dann kann ich Ihnen auch nicht helfen
lassen Sie sich das Ding eben klauen
ich muss das nicht verstehen
Pause.
bin ja nur ein Kind, was, dem man nichts erklären muss
ist auch im Grunde völlig normal
dass man sein Gepäck einfach so
in der Landschaft herumstehen lässt
machen ja alle im Grunde immerzu
hier ein Koffer, da ein Koffer
DIE ALTE Fill –

FILL genug
ich mache, was Sie sagen
ich stelle den Koffer jetzt wieder da hin
und dann bin ich weg
in meiner Schule
in dieser blöden –
wo ich hingehöre
nicht wahr
Wiedersehen

Fill will den Koffer nehmen. Der Fahrer will das Fahrzeug starten.

DIE ALTE warte
Zum Fahrer. was machst du da?
FILL bitte?
FAHRER starten
DIE ALTE *zu Fill* nicht du
Pause.
entschuldige, das ist nur
mein Alter
FILL wusste nicht, dass man damit reden kann
Pause.
manchmal sind Sie schon wunderlich

Pause.

DIE ALTE das Ding fährt bald los mit mir
FILL das Ding fährt erst, wenn der Fahrer da ist
DIE ALTE aber Fill, das ist er längst

Pause.

FILL noch einen Schluck Wasser?
DIE ALTE warum nicht – danke
Trinkt Fills Flasche aus.

FILL Sie kommen auf Ideen
Pause.
ehrlich
also, wenn ich eins sicher weiß
hier ist weit und breit kein Fahrer
DIE ALTE glaub mir, Fill, er ist schon da
er wartet nur darauf, dass ich den Koffer aus dem/vom Fahrzeug kriege
damit er endlich losfahren kann
Pause.
lass uns »Alles auf Anfang« spielen
FILL okay

Fill will den Koffer aus dem Fahrzeug rausheben, da geht er plötzlich auf; unzählige Handtaschen purzeln heraus, das Fahrzeug ist übersät davon. Stille.

DIE ALTE oh
FILL Entschuldigung
DIE ALTE dass ich die alle noch mal sehe
das hätte ich jetzt nicht gedacht
FILL es tut mir leid
DIE ALTE du kannst nichts dafür
der Verschluss ist nicht mehr der neueste
FAHRER was wird das denn jetzt?
DIE ALTE *zum Fahrer* das Leben eben
es kommt immer dazwischen
aber davon verstehst du wohl nichts
Pause.
geh Pause machen
Fahrer machen so was doch oder
FILL Sie reden wieder mit ihm
DIE ALTE solange die Handtaschen auf/im Fahrzeug rumliegen
kann er nicht losfahren

FAHRER da muss was im Wasser gewesen sein
FILL aber warum nimmt er sie nicht runter
wenn sie ihn so stören
DIE ALTE weil er es nicht kann, verstehst du?
FILL nein
DIE ALTE zu weltlich

Pause.

FILL irgendwie haben Sie aber schon einen an der Waffel
oder
DIE ALTE nicht mehr als andere
FILL so eine coole Oma habe ich noch nie getroffen
was für eine Phantasie

Der Fahrer geht. Pause machen oder so.

DIE ALTE er ist weg, Fill
FILL auch schön
DIE ALTE wir haben ein wenig Zeit
FILL ja?
DIE ALTE zum Aufräumen
hilfst du mir?

Pause.

FILL wieso in aller Welt haben Sie so viele Handtaschen?

Pause.

DIE ALTE fangen wir mit etwas anderem an
was ist mit dir?
warum willst du nicht in die Schule?

2. BLEIBEN

FILL »du warst es«
haben sie in der Klasse gesagt
»du hast es geklaut«
»was habe ich geklaut« habe ich gefragt
»tu nicht so
weißt doch ganz genau Bescheid«
ich wusste es nicht
Pause.
Lenas neues Handy war weg
ihre Eltern hatten es ihr gerade zum Geburtstag geschenkt
Pause.
»wo ist es«, wollten sie wieder wissen
»keine Ahnung«, habe ich gestottert
»wieso soll ich das denn gewesen sein
es kann doch auch jeder andere –
vielleicht hat Lena es auch nur irgendwo liegen lassen –
zu Hause oder so –«
»pass auf, Neue
wir kennen uns hier alle
von uns macht keiner so einen Scheiß«
»aber ich habe noch nie –«
»von wegen«
»ich klaue nicht«
Pause.
am nächsten Tag –
Lena hatte einen Mordsstress mit ihren Eltern bekommen –
sind mir ein paar aus der Klasse
auf dem Nachhauseweg gefolgt
»der Lena gehts echt schlecht, Mann
das kannst du doch nicht wollen, Neue«
Pause.
ich habe sie hinter mir gehört

und gehofft, sie gehen wieder weg
ich hätte kapieren müssen, dass die nicht von mir ablassen
nur weil ich sie ignoriere
Pause.
erst als sie »los ran« gesagt haben
bin ich los gerannt
war ohnehin schon ein wenig schneller geworden
automatisch
das Herz schon im Hals
jetzt noch die Beine in der Hand
bin ich losgedüst
so schnell ich konnte
rennen kann ich
wie der Blitz bin ich um die Ecke
flatsch lag ich da
Pause.
irgendeiner hatte mir ein Bein gestellt
flatsch lag ich da
Pause.
»türmen, was, macht man das so
da, wo du herkommst, Neue
das ist eine Ranzenkontrolle
verstehst du
da bleibt man stehen
aber zackig
Ranzen her
und Wand anstarren«
Pause.
plötzlich flogen überall
meine Bücher und Hefte rum
»guckt mal, wie das Biobuch fliegen kann«
»und Mathe erst!«
»lasst das«, sag ich und dreh mich um
peng, trifft mich mein Mäppchen am Kopf

Pause.
dann ist der Ranzen leer
aber sie haben kein Handy gefunden
natürlich
war ja auch keins drinnen
jetzt, denk ich noch, werden sie endlich kapieren,
dass ich das Ding nicht –
»hast das Handy aber gut versteckt«, sagt einer
»hör zu, Neue
morgen bringst du das Handy wieder mit«
welches Handy!!
Pause.
»hey, das ist meine Jacke!
gib meine Jacke her!«
»Pfand, Baby
Handy gegen Jacke
Deutsch verstehst du doch, oder?
aber beeil dich mit der Rückgabe
sonst haben wir deine Jacke vielleicht nicht mehr«
Pause.
»und kein Wort zu irgendwem
verstanden
sonst schmeißen wir das nächste Mal
vielleicht dich durch die Gegend«
zum Abschied fliegt mein Erdkundebuch noch in eine Pfütze
dann stiefeln sie davon

Pause.

DIE ALTE da würde ich auch nicht mehr
in die Schule gehen wollen
Pause.
bleibst du am besten erst mal hier

Pause.
schau mal, meine allererste Handtasche
Tante Grete hatte sie mir damals mitgebracht
ich war vierzehn geworden
und meine Mutter fand das total unpassend
»das Kind ist doch noch viel zu jung für sowas«
wahrscheinlich habe ich sie deswegen so geliebt

Pause. Wirft die Handtasche in den Koffer.

FILL vielleicht gehe ich gar nicht mehr in die Schule
habe schon darüber nachgedacht
Pause.
vielleicht mache ich es wie Sie
mich in so ein Fahrzeug setzen
und wegfahren lassen
DIE ALTE nicht in so ein Fahrzeug, Fill
dafür bist du noch zu jung
FILL irgendeins eben
einfach weg, verstehen Sie?
weg von allem hier
zurück
da, wo ich herkomme
wo es mir gut gegangen ist
wo keiner meinen Ranzen auseinandernimmt
DIE ALTE ja
FILL oder ich ziehe zu Janne
Janne hat gesagt
sie bleibt meine beste Freundin
immer
auch wenn ich umziehe
immer
DIE ALTE würden deine Eltern erlauben
dass du zu Janne ziehst?

Fill schweigt.

DIE ALTE *greift nach einer Handtasche* die hier ist von Luise
die gehört eigentlich gar nicht mir
Luise durfte damals noch keine haben
aber diese hatte sie sich von irgendwoher besorgt
und dann immer bei mir versteckt
damit ihre Eltern nichts merken
Pause.
ich habe darauf aufgepasst
wie auf meine eigene
und sie hat sie immer dann geholt
wenn sie etwas vorhatte
mit einem Jungen oder so
das durften ihre Eltern natürlich erst recht nicht wissen
Pause.
aber ich wusste alles
weil ich ihr ja immer ihre Tasche geben musste
Pause.
das hat dann aufgehört
als ihre Eltern ihr endlich erlaubt haben, eine Handtasche zu haben
sie haben ihr eine geschenkt
und Luise hat sich für die alte in meinem Schrank nicht mehr interessiert
Schmeißt die Tasche in den Koffer.
für mich dann auch nicht mehr

Pause.

FILL ich habe mir mein neues Leben so anders vorgestellt
bevor wir hergezogen sind
meine Mutter hat gesagt
es wird alles gut werden

auch wenn Papa nicht mitkommt
»der frische Wind einer neuen Stadt«

STIMME MUTTER den lassen wir uns um die Nase wehen, Fill
stell dir doch mal vor
du lernst lauter neue Kinder kennen
mit denen kannst du soviel Spaß haben
und Janne kannst du mailen
mit Papa kannst du telefonieren
oder ihn mal besuchen fahren
du bist doch jetzt schon so groß
da kannst du auch mal alleine Zug fahren

DIE ALTE und
kannst du das?

FILL ich bin noch nie alleine Zug gefahren

DIE ALTE dann wird es jetzt Zeit
damit du deinen Vater sehen kannst
und Janne

Pause. Fill guckt sich eine Handtasche an.

die habe ich mir gekauft, da war ich in Peter verliebt
da war ich noch der Meinung
ich müsste mich für den irgendwie attraktiv machen
Pause.
hat mich trotzdem nie angeguckt
der Peter
Pause.
später hat er mit einer Freundin von mir angebändelt
und sie kurz darauf schrecklich sitzen gelassen
da war ich heilfroh, dass der Knilch an mir vorbei gegangen ist
Wirft die Handtasche in den Koffer. Pause.
siehst du hier irgendwo
eine kleine rote Handtasche?

FILL im Moment nicht

Pause. Weitere Handtaschen werden sortiert.

FILL meine Eltern haben mich nicht gefragt
ob ich umziehen will
kein Mensch hat mich gefragt
DIE ALTE Kinder werden manchmal nicht gefragt
Alte werden auch nicht immer gefragt

Pause.

FILL was ist das hier eigentlich für ein Fahrzeug?
das ist doch alles irgendwie nicht normal
dieser komische Fahrer zum Beispiel
den Sie manchmal sehen
das ist doch alles komisch irgendwie

Pause.

DIE ALTE da hast du recht, Fill
das ist alles komisch irgendwie
Pause.
das Fahrzeug hier
fährt einen ja auch nur hin
FILL nur hin?
DIE ALTE ja
nur hin
FILL nicht zurück?
DIE ALTE nein

Pause.

FILL laufen Sie dann zurück?

DIE ALTE schaffe ich nicht mehr, Fill
stehe ja jetzt schon kaum mehr auf
kriege gerade noch hin, die Handtaschen in den Koffer zu werfen
FILL dann nehmen Sie eben ein Taxi
vielleicht haben Sie ja noch ein bisschen Geld irgendwo
meine Mutter sagt immer
STIMME MUTTER Taxi fahren ist total teuer
das Geld sollte man lieber auf die hohe Kante legen
FILL aber wenn das Fahrzeug nicht zurückfährt
dann nehmen Sie eben doch ein Taxi
DIE ALTE mal sehen
FILL mein Vater sagt
manchmal muss man Geld auch einfach nur ausgeben
einfach weg damit
der sagt sogar
STIMME VATER Geld muss man manchmal aus dem Fenster schmeißen
DIE ALTE sowas sagt dein Vater?
FILL »einfach mal nicht drauf achten
nicht immer so pingelig sein
Leben eben«
DIE ALTE recht hat er
STIMME MUTTER aber man muss schon gucken
dass am Ende noch genug Geld übrig ist
man weiß ja nie, was kommt
FILL meine Mutter zählt ihr Geld immer
einundzwanzig zweiundzwanzig dreiundzwanzig
STIMME MUTTER vierundzwanzig fünfundzwanzig sechsundzwanzig
DIE ALTE recht hat sie
STIMME MUTTER achtundzwanzig neunundzwanzig, nee –
FILL also was jetzt
wer hat jetzt recht

meine Mutter oder mein Vater?
ich komme da nicht mit
das ist alles so kompliziert

Pause.

DIE ALTE ist beides richtig
zum Fenster rausschmeißen
und auf die hohe Kante legen
hat beides so seinen Sinn

Pause.

DIE ALTE *mit Handtasche* die hier hat nur 3,99 gekostet
das weiß ich heute noch
weil ich erst so begeistert davon war
aber sie war viel zu billig
hat nichts getaugt
da hätte ich lieber mehr ausgegeben
und eine anständige gekriegt

Die Handtasche landet im Koffer.

FILL nicht, dass Sie noch eine Handtasche gebraucht hätten
DIE ALTE das kannst du überhaupt nicht beurteilen
weißt du, wie viel genug ist, oder was?
bist du schon so alt wie ich?
und bist du ich, oder was?
FILL nein, natürlich nicht
Pause.
aber welcher Mensch braucht so viele Handtaschen?

Pause.

DIE ALTE sammelst du nichts?

FILL doch, schon
DIE ALTE dann müsstest du es verstehen
FILL vielleicht
ein wenig
DIE ALTE früher, Fill
da habe ich mein Geld immer ausgegeben
für alles Mögliche
die verrücktesten, nutzlosesten Sachen
und eben auch mal für die 72. Handtasche
ich habe mir immer gleich jeden Wunsch erfüllt
es kam nicht drauf an, weißt du
und einkaufen hat Spaß gemacht
sie behandeln einen wie eine Königin
wenn sie merken, bei dir sitzt das Geld locker
und du selber findest dich dann auch richtig wichtig
weil alle so auf dich achten
Pause.
irgendwann merkt man dann
dass die anderen vor allem dein Geld richtig wichtig finden
nicht dich
dich müssen sie nur auch in Kauf nehmen
sonst kommen sie an dein Geld nicht ran
Pause. Wirft Handtaschen in den Koffer.
FILL Sie haben auch nicht immer Freunde gehabt, oder?
DIE ALTE nicht immer die richtigen
Sieht wieder eine Handtasche.
ach, Manuel
hat im Grunde auch nichts getaugt
kein Stehvermögen
war aber bildhübsch
Wirft die Handtasche in den Koffer.
FILL haben Sie ständig was mit irgendwelchen Männern gehabt?
DIE ALTE ach was

das sieht jetzt nur so aus
über die Jahre
kommt eben so der eine oder andere zusammen
Pause.
gibt hier auch völlig unbelastete Handtaschen
die hier habe ich wegen der Farbe gekauft
schön, oder?
Pause.
die hier hatte schon immer zu viele Fächer
musste ständig die ganze Tasche nach meinem Schlüssel durchkramen
Pause.
oder die – die hing immer so schön in meinem Schrank
ich habe sie nur ein einziges Mal benutzt
hatte immer Angst, dass sie sich abnutzt
gekauft und nie benutzt
aber ist sie nicht schön?
Pause.
mit den Taschen bin ich oft besser klar gekommen
als mit den Menschen

Pause.

FILL bei mir war alles gut
bevor wir hier hergezogen sind
also fast alles
und wenn was nicht gut war
bei meinen Eltern oder so
hatte ich immer noch Janne
Pause.
Janne bleibt meine Freundin
das hat sie mir geschworen
immer immer bleibt sie meine Freundin
die vergisst mich nicht

nie
die nicht
DIE ALTE ja
das hast du schon mal gesagt
FILL das ist gut
DIE ALTE ja
FILL sehr gut ist das
DIE ALTE Janne ist nicht hier, Fill
du brauchst ein, zwei neue Freunde
hier
FILL in dieser Schule da
da finde ich bestimmt keine
die können nur Ranzen auseinandernehmen
und mir meine Jacke klauen
alles Arschgesichter
DIE ALTE so geht das nicht, Fill
Pause.
du musst dich wehren
FILL ja, toll
machen Sie das mal
DIE ALTE gibt es denn keinen, der dir helfen kann?
mir gefällt nicht, dass du da alleine rumläufst
FILL aber mir gefällt das, oder was
ich mache das total gerne
ich gehe jeden Morgen extra früher hin
damit sie genug Möglichkeiten haben
mir aufzulauern
DIE ALTE was ist, wenn sie weitermachen
das nächste Mal fehlt dir die Hose

Pause.

FILL nee
das würden die nicht machen

oder
nicht die Hose
nee, oder?

Pause.

DIE ALTE mit wem kannst du dich zusammen tun?
FILL mit Janne
DIE ALTE Janne –
FILL – ist nicht hier, ich weiß
DIE ALTE wen gibt es noch
FILL keinen
DIE ALTE Fill, wen kennst du noch

Pause.

FILL Sie?

Pause.

DIE ALTE ich fürchte, auf mich kannst du in dieser Angelegenheit nicht zählen
FILL ja, toll
erst groß den Helfer markieren
und dann nicht da sein
wenn es drauf ankommt
typisch Erwachsene
DIE ALTE ich bin nicht mehr lange da, Fill
FILL Sie wollen ja nur, dass Ihre Reise endlich los geht
DIE ALTE das will ich nicht
FILL am liebsten wären Sie mich wohl jetzt schon los
DIE ALTE sei still
FILL ich kann auch gehen
DIE ALTE du weißt nicht, was du sagst

Pause.

FILL weiß ich auch nicht
ich verstehe diese Reise nicht
ich habe noch nie so ein Fahrzeug gesehen
wieso fährt der Fahrer Sie nur hin
was ist denn das alles für ein großer Quatsch
Pause.
vielleicht träume ich das Ganze ja nur
dann klingelt gleich der Wecker
und ich wache auf
und muss in die Schule
dann gibt es Sie gar nicht wirklich
DIE ALTE die Handtaschen und den Koffer siehst du?
FILL na, großartig
die Handtaschen sind echt
DIE ALTE wer hat jetzt einen an der Waffel?
FILL ich nicht
ich bin ganz normal
DIE ALTE Fill
du wirst es noch verstehen
irgendwann
Pause.
wenn du irgendwo diese kleine rote Handtasche siehst –
die hätte ich schon gerne –
Findet eine andere.
gegen den Wind
FILL »gegen den Wind«?
DIE ALTE geht dich nichts an
FILL warum nicht?
DIE ALTE das ist nichts für andere
das habe ich noch nie erzählt
FILL ich habe Ihnen auch
erzählt

meinen Sie
dass das einfach war

Pause.

DIE ALTE es bleibt unter uns
klar
FILL klar

Pause.

DIE ALTE ich war am Strand unterwegs
alleine
nur mit dieser Handtasche
und drinnen der Brief
Pause.
nachdem ich ihn gelesen hatte
war mir alles egal
ich lief und lief
es war grässliches Wetter
der Wind peitschte mir ins Gesicht
ich musste mich regelrecht dagegen stemmen
um voran zu kommen
aber es machte mir nichts aus
im Gegenteil
je wilder desto besser
Pause.
bald wusste ich nicht mehr
wovon mein Gesicht nässer war
von den Regentropfen
oder von meinen Tränen
ich wollte keinen sehen
keinen Menschen
nur gehen, immer weitergehen

gegen den Wind
bis ans Ende der Welt
Pause.
warum habe ich die Tasche eigentlich aufgehoben?
warum mache ich das hier eigentlich?
warum habe ich –
warum –

Pause. Fill nimmt der Alten die Handtasche ab und legt sie in den Koffer. Pause.

FILL schon vorbei
ist jetzt weg
was immer war
ist weg
DIE ALTE ja
ist weg
jetzt
kann man nichts mehr dran machen
oder

Pause. Taschenräumen.

FILL nachdem die meine Schultasche auseinandergenommen hatten
hat mir ein Junge am Schluss
mein Erdkundebuch aus der Pfütze gefischt
DIE ALTE dann haben wir ja endlich einen
FILL ich weiß nicht mal
wie der heißt
oder in welche Klasse der geht
DIE ALTE finds raus
FILL aber ich kenne den gar nicht
mit dem habe ich noch nie geredet

DIE ALTE egal
den nimmst du
mit dem freundest du dich an
FILL nur weil der mir mein Buch wieder gegeben hat?
der spielt bestimmt nicht mit Mädchen
DIE ALTE finds raus
FILL wenn die anderen ihm erzählen, dass ich das Handy –
dann hält der doch auch zu denen
der hatte nur kurz Mitleid
so im Vorbeigehen
der würde doch nicht in echt für mich den Mund aufmachen
DIE ALTE finds raus
FILL finds raus finds raus

Pause.

DIE ALTE was ist mit deinen Eltern
FILL ich gehe einfach nicht mehr hin
basta
die brauchen mich nicht
ich brauche die nicht
ich helfe lieber Ihnen hier
DIE ALTE du musst in die Schule
ob du willst oder nicht
FILL jetzt reden Sie wie meine Eltern
super
ich fühle mich wie zu Hause
DIE ALTE darfst dich nicht verstecken, Fill
die Klasse hast du noch eine Weile um dich rum
zeig ihnen, wo der Hammer hängt
FILL wie reden Sie denn
DIE ALTE hättest du mir nicht zugetraut, was
kannste mal sehen, was noch in mir steckt

Pause.
hier

Gibt Fill Handtaschen. Fill legt sie in den Koffer.

Sonderangebot
noch einmal Sonderangebot
Paris
FILL Paris?
DIE ALTE Paris war schön
Pause.
erzähl deiner Mutter
was du mir erzählt hast
FILL das geht nicht
DIE ALTE warum nicht
STIMME VATER wenn du nicht ausgezogen wärst
müssten wir jetzt nicht zwei Wohnungen finanzieren
STIMME MUTTER da gab es ja wohl Gründe dafür
da gabs Gründe, nicht wahr
STIMME VATER fängst du jetzt wieder davon an
reicht es nicht langsam mal mit den Vorwürfen
STIMME MUTTER keine Ahnung hast du
nie gehabt

Pause.

DIE ALTE Zeit, dass sie auf andere Gedanken kommen
Zeit, dass sie sich um dich kümmern
FILL können Sie nicht mal mit ihnen reden?
DIE ALTE ich komme hier, glaube ich, nicht mehr weg
FILL meine Mutter könnte ich herholen
dann könnten Sie hier mit ihr reden
DIE ALTE das ist eine schöne Idee
ich hätte sie gerne mal kennengelernt

FILL Sie warten hier
ich bin gleich zurück
ich hole sie her
meine Mutter
das mache ich wirklich

Fill will gehen.

DIE ALTE Fill, nicht, bleib da, bitte
Pause.
ich weiß nicht, ob die Zeit noch reicht
was, wenn der Fahrer kommt
während du weg bist
dann können wir uns nicht mal mehr
verabschieden

Fill bleibt.

FILL soll ich denn heute nicht mehr in die Schule?

Pause.

DIE ALTE wir machen eine Ausnahme
aber ab morgen gehst du wieder
versprochen?
FILL dann müssen Sie mir aber eine Entschuldigung schreiben
wir sagen einfach, Sie sind meine Oma
DIE ALTE machen wir
FILL fühlt sich auch ein bisschen so an
habe Sie ein wenig adoptiert, oder
irgendwie
und Sie mich
Pause.
unsere Familienverhältnisse

also Ihre
also deine und meine
gehen keinen etwas an
oder?

DIE ALTE nein
unsere Familienverhältnisse
also deine und meine
gehen keinen etwas an
Pause.
was soll auf der Entschuldigung drauf stehen

FILL sag du

DIE ALTE »Fill ist leider aufgehalten worden
von einem Fahrzeug, das es ihrer Meinung nach vielleicht gar nicht gibt«

FILL nee

DIE ALTE »Ich habe Fill leider heute daran gehindert, in die Schule zu gehen
da ich meinen Koffer absichtlich so in den Weg gestellt habe
dass sie darüber stolpern musste«

FILL auch nicht

DIE ALTE »Fill musste mir heute Vormittag beim Handtaschensortieren helfen,
da konnte sie nicht gleichzeitig weiter Wissen in sich reinstopfen.«

FILL du bist verrückt, Krista

DIE ALTE »P.S. Lieber Lehrer,
bitte haben Sie mal ein Auge auf meine Enkelin
die wird an Ihrer Schule gemobbt.«

Die Alte gibt Fill die Entschuldigung.

FILL danke

Der Fahrer ist wieder da. Fill räumt weiter Handtaschen.

FILL hast du beim Kofferpacken auch gesummt?
das hat meine Mutter vor unserem Umzug gemacht
sie war so froh so froh
»endlich geht es los
endlich weg mit diesem alten Leben«
DIE ALTE ich habe nicht gesummt beim Kofferpacken
es war sehr anstrengend
ich musste sehr quetschen, weißt du
um den Koffer zuzubekommen
Pause.
von den anderen Sachen konnte ich mich leichter trennen
die Häuser und das Boot
war alles nicht so wichtig
Pause.
siehst du nicht irgendwo noch meine kleine rote –
FILL *hält eine kleine, nicht mehr sehr rote Handtasche hoch*
meinst du vielleicht die hier?
DIE ALTE genau das ist sie
das war sie

Pause.

FILL was ist denn das für eine Handtasche?
DIE ALTE noch eine »Männergeschichte«, wie du sagst
Pause.
aber der
hat mich wirklich geliebt
Pause.
dummerweise habe ich ihm nicht geglaubt
war mir nie sicher, ob er wirklich mich will oder nur mein Geld
Pause.
ich war sehr jung
als ich das viele Geld von meinen Eltern bekam

wenn man viel Geld hat
dann mögen einen viele Leute
aber was mögen sie wirklich
habe ich mich damals immer gefragt
Pause.
»Schau, Krista«
hat Alexander gesagt
»wenn du mir nicht glaubst
dann lass uns zur Bank gehen
wir heben dein ganzes Geld ab
tun es in deinen Koffer
den lassen wir irgendwo stehen
und dann gehen wir weg
ans Ende der Welt, zum Beispiel
Pause.
dann wirst du sehen, dass ich auch so bei dir bleibe
ohne dein Geld
vergiss es einfach
wir kommen schon über die Runden, irgendwie
du und ich«
Pause.
ich hatte nicht den Mut dazu
und irgendwann
hat er einfach nicht mehr gewartet
auf mich
Pause.
aber die Tasche habe ich noch
Guckt rein. Freut sich. Macht die Tasche zu und gibt sie Fill.
für dich

Fill nimmt die Handtasche. Die Alte wirkt plötzlich angestrengt.

FILL soll ich vielleicht noch von irgendwoher Wasser –
DIE ALTE zieh mir die Schuhe aus
ich gehe nicht mehr

FILL *tut es* man soll nie nie sagen
DIE ALTE und räum die Handtaschen fertig auf

Fill tut es. Macht den Koffer zu.

wir haben uns zu spät kennengelernt
FILL Janne sagt
es ist nie zu spät
DIE ALTE oh doch
das gibt es schon
dass etwas zu spät ist

Der Fahrer legt seine Hand auf die Schulter der Alten. Pause.

aber das weiß deine Janne vielleicht noch nicht
FILL der Fahrer zum Beispiel?
ist der jetzt zu spät?
DIE ALTE der Fahrer
ist da

3. GEHEN

Zieleinlauf.

FILL vielleicht kann ich ja noch
ein Stück mitfahren
DIE ALTE oh nein
das ist keine gute Idee
FILL wieso
ich soll doch auch
alleine Zugfahren lernen
hast du gesagt
und in/auf diesem Fahrzeug
wäre ich sogar nicht alleine
sondern mit dir
DIE ALTE dass du heute
Schule schwänzt
ist eine Sache
da bin ich ja auch
inzwischen mit einverstanden
dass du aber mit diesem Fahrzeug
fahren willst
ohne
dass es deine Mutter weiß
oder dein Vater
das ist eine andere Sache
das werde ich verhindern
und wenn es das Letzte ist
was ich tue
Pause.
was glaubst du eigentlich
was das für ein Fahrzeug ist
FILL zum Verreisen?
DIE ALTE richtig

für die letzte Reise
das weißt du längst
dass es meine letzte Reise ist
Fill
gib es doch zu
Pause.
ist nicht so einfach, Fill
einzusteigen
nicht zu wissen
wohin die Reise geht
nichts und niemanden
mitnehmen zu können
zu wissen
man kommt nicht wieder
in die vertraute Welt
und von dem neuen Ort kann man
auch nicht eben mal
anrufen

Pause.

FILL wie sieht er aus, der Fahrer
ist er aus Gold?
oder blinkt er irgendwie?
DIE ALTE weder noch
FILL wie sieht er dann aus?
DIE ALTE einfach anders

Pause.

FILL ich habe nicht gewusst
dass man zum Sterben in so ein Fahrzeug steigt
DIE ALTE ich denke
das ist von Fall zu Fall unterschiedlich

Pause.
mein Körper
ist so leichtgängig
wahrscheinlich
gehört er schon gar nicht mehr
wirklich
mir
FILL was redest du da
es ist doch alles wie immer

Pause.

DIE ALTE *zum Fahrer* ich soll fahren?
FAHRER das haben schon ganz andere geschafft
DIE ALTE nicht du?
FAHRER ich zeige nur den Weg
DIE ALTE das habe ich mir aber anders vorgestellt
FAHRER wann ist im Leben schon mal irgendwas so
wie man es sich vorstellt
nicht wahr
DIE ALTE ja, im Leben
FAHRER da sind wir noch

Pause.

DIE ALTE Fill?
FILL was ist?
DIE ALTE machs gut
FILL ja, Wiedersehen
aber du gehst doch noch nicht, oder?
nicht jetzt schon?

Pause.

DIE ALTE *zum Fahrer* ich heiße übrigens Krista
FAHRER hallo Krista

Die Alte braust mit dem Fahrer mit großer Leichtigkeit davon. Stille.

FILL hey
du hast deine Schuhe vergessen
Pause
wie ist es denn da, wo du hinreist?
scheint die Sonne?
ist es Nacht?
gibt es Tiere
und das Meer?
Berge?
sind deine Eltern da?
oder Alexander?
ist Alexander da?

Keine Antwort.

FILL wem soll ich denn jetzt
meine Fragen stellen?

Pause.

STIMME DER ALTEN *aus dem Off* stell sie deinen Eltern, Fill
oder Janne
oder dem Jungen mit dem Erdkundebuch
Pause.
komm jetzt geh
ab in die Schule mit dir
oder nein
heute hast du ja noch frei
habe dir ja vorhin extra eine Entschuldigung geschrieben

meine Güte, werde ich plötzlich vergesslich
ist nicht mehr so wie früher
nichts mehr

FILL nein?
Pause.
ich habe mich gar nicht bedankt
für die Handtasche
Pause.
danke
ich hatte noch nie eine

Fill betrachtet die »rote« Handtasche. Schaut rein. Sieht, was die Alte vorher gesehen hat, und freut sich. Holt es aber nicht raus.

FILL Wiedersehen

Keine Antwort mehr.

Epilog

FILL der Lehrer
fand meine Entschuldigung ziemlich witzig
»na, biste jetzt wieder da, Fill, genug Handtaschen sortiert?«
aber dann ist er ernst geworden und wollte wissen
warum Krista das mit dem Mobbing hingeschrieben hat
Pause.
die aus der Klasse
die meinen Ranzen auseinandergenommen hatten
mussten sich bei mir entschuldigen
und ich habe meine Jacke wieder gekriegt
Pause.
als Lenas Handy am nächsten Tag auf der Schultoilette aufgetaucht ist

hat keiner behauptet, ich hätte es da hingelegt
Pause.
was das betrifft
ist also alles ruhig
im Moment
Pause.
am Wochenende
fahre ich meinen Vater besuchen
mit dem Zug
Pause.
schaffe ich schon
irgendwie
Pause.
dann erzähle ich Janne von Krista
bin gespannt, ob sie mir glaubt
aber ich kann ihr ja die Handtasche zeigen
Pause.
das wars eigentlich
Pause.
ach nee, noch was
den Jungen mit dem Erdkundebuch
habe ich tatsächlich angequatscht
er ist schon ein bisschen älter
Jan geht bereits in die 8. Klasse
Pause.
als wir zusammen auf dem Schulhof rumstanden
hat er auch gleich gesagt
normalerweise
gibt er sich ja nicht mit so Kleinen wie mir ab
aber wenn ich noch mal Hilfe brauche
kann ich ruhig nach ihm rufen

Ende.

Ingeborg von Zadow

Geboren 1970 in Berlin. Studium der Angewandten Theaterwissenschaft in Gießen und an der State University of New York. Sie lebt als freie Autorin in Heidelberg.

Theaterstücke:

Ich und Du UA 1993 Theater Nordhausen; *Pompinien* UA 1995 Stadttheater Konstanz; *Besuch bei Katt und Fredda* UA 1997 Junges Theater Zürich; *Hexenspiel* UA 2000 Zwinger 3, Kinder- und Jugendtheater Heidelberg. *Alte Schachteln* 2004 Theater Altenburg-Gera (als Puppentheater); *Zwischenzeit* UA 2005 Landestheater Tübingen / Autorenfestival »Kapitulation oder Befreiung – die Stunde Null«; *Filipa Unterwegs* UA 2006 Theater Feuer und Flamme Braunschweig; *Über Lang oder Kurz* UA 2010, Theater Junge Generation Dresden; *Raus aus dem Haus* UA 2012 Comedia Theater, Köln; *Komm jetzt geh.*

Auszeichnungen:

2001 Jahresstipendium der Kunststiftung Baden-Württemberg

2001 Brüder-Grimm-Preis des Landes Berlin

2009 »Nah dran«-Förderung durch KJTZ und Deutschen Literaturfonds

2011 Nominierung für den Mülheimer KinderStückePreis mit *Über Lang oder Kurz*

THEATERBIBLIOTHEK
im Verlag der Autoren
– Eine Auswahl –

Konrad BAYER, *Theatertexte*
Marc BECKER, *Wir im Finale*
Karlheinz BRAUN (Hg.), *MiniDramen*
Ken CAMPBELL, *Mr. Pilks Irrenhaus*
Wolfgang DEICHSEL, *Werke*
– *Band 1: Etzel*
– *Band 2: Der hessische Molière*
– *Band 3: Frankenstein I. Aus dem Leben der Angestellten*
– *Band 4: Frankenstein II. Die Zelle des Schreckens*
– *Band 5: Loch im Kopf*
– *Band 6: Komiker*
– *Band 7: Midas / Rott*
Thea DORN, *Marleni*
Hans Magnus ENZENSBERGER, *Nieder mit Goethe! / Requiem für eine romantische Frau*
István EÖRSI
– *Das Verhör / Jolán und die Männer*
– *Hiob proben und andere Stücke*
Jenny ERPENBECK, *Katzen haben sieben Leben / Schmutzige Nacht*
Rainer Werner FASSBINDER
– *Anarchie in Bayern und andere Stücke*
– *Antitheater. 5 Stücke nach klassischen Stücken*
– *Bremer Freiheit / Blut am Hals der Katze*
– *Der Müll, die Stadt und der Tod / Nur eine Scheibe Brot*
– *Die bitteren Tränen der Petra von Kant / Tropfen auf heiße Steine*
– *Katzelmacher / Preparadisesorrynow*
– *Theaterstücke*

Ludwig FELS
– *Der Affenmörder*
– *Soliman / Lieblieb*
– *Sturmwarnung*
Dario FO
– *Comica Finale. Frühe Farcen*
– *Der Papst und die Hexe*
– *Diebe, Damen, Marionetten*
– *Hilfe, das Volk kommt!*
– *Johan vom Po entdeckt Amerika*
– *Mistero Buffo / Obszöne Fabeln*
– *Wer einen Fuß stiehlt, hat Glück in der Liebe*
Jean GENET, *Splendid's / Sie*
Wilfried HAPPEL, *Das Schamhaar / Mordslust*
Nino HARATISCHWILI
– *Georgia / Liv Stein*
– *Zorn / Radio Universe*
Ulrich HUB
– *An der Arche um acht / Nathans Kinder*
– *Das Schlafzimmer von Alice*
– *Die Beleidigten / Blaupause*
Gert JONKE
– *Die versunkene Kathedrale und anderes*
– *Opus 111. Ein Klavierstück*
Bernard-Marie KOLTÈS
– *Bitternisse / Dumpfe Stimmen / Das Erbe*
– *Kampf des Negers und der Hunde / Die Nacht kurz vor den Wäldern*
– *Quai West / In der Einsamkeit der Baumwollfelder*
– *Roberto Zucco / Tabataba*
– *Rückkehr in die Wüste*
– *Sallinger*

Fitzgerald KUSZ
– *Lametta*
– *Let it be. Drei Stücke von der Liebe*
– *Schweig Bub! / Letzter Wille*
– *Stücke aus dem halben Leben*
– *Witwendramen / Mein Lebtag*
Eugène LABICHE / Botho STRAUSS, *Das Sparschwein*
Tom LANOYE
– *Atropa. Die Rache des Friedens*
– *Mamma Medea / Mefisto forever*
Tom LANOYE / Luk PERCEVAL, *Schlachten!*
Dea LOHER
– *Adam Geist*
– *Das letzte Feuer / Land ohne Worte*
– *Diebe*
– *Fremdes Haus*
– *Klaras Verhältnisse / Anna und Martha*
– *Magazin des Glücks*
– *Manhattan Medea / Blaubart – Hoffnung der Frauen*
– *Olgas Raum / Tätowierung / Leviathan*
– *Unschuld / Das Leben auf der Praça Roosevelt*
Claudius LÜNSTEDT, *Zugluft / Musst boxen / Vaterlos*
Kristof MAGNUSSON
– *Männerhort*
– *Sushi für alle*
Marius von MAYENBURG, *Das kalte Kind / Haarmann*
Libuše MONIKOVÁ, *Unter Menschenfressern*
Wajdi MOUAWAD
– *Verbrennungen*
– *Wälder*
Elfriede MÜLLER, *Die Bergarbeiterinnen / Goldener Oktober*
Georges PEREC, *Die Gehaltserhöhung / Die Kartoffelkammer*
Gerlind REINSHAGEN, *Himmel und Erde*

Kevin RITTBERGER, *Puppen / Fast tracking / Kassandra*
Friederike ROTH, *Ritt auf die Wartburg / Klavierspiele*
Gerhard RÜHM, *Theatertexte*
Ivana SAJKO
– *Archetyp: Medea / Bombenfrau / Europa*
– *Trilogie des Ungehorsams*
Marianna SALZMANN, *Weißbrotmusik / Satt*
Hansjörg SCHNEIDER, *Der Irrläufer*
Susan SONTAG, *Alice im Bett*
Vladimir SOROKIN
– *Dostojevskij-Trip / Krautsuppe, tiefgefroren*
– *Dysmorphomanie / Das Jubiläum*
– *Pelmeni / Hochzeitsreise*
Kerstin SPECHT
– *Carceri / Mond auf dem Rücken / Der Flieger*
– *Der Zoo / Zeit der Schildkröte*
– *Königinnendramen: Die Froschkönigin / Schneeköniginnen / Die Herzkönigin*
– *Lila /Das glühend Männla / Amiwiesen*
– *Marieluise / Das goldene Kind / Solitude*
Friedrich Karl WAECHTER
– *Der Schweinehirtentraum / Die Bremer Stadtmusikanten*
– *Der singende Knochen und andere Theatermärchen*
– *Die letzten Dinge in 77 Stücken*
– *F.K. Waechters Erzähltheater*
– *F.K. Waechter in 7 Stücken*
– *Kiebich und Dutz / Pustekuchen*
Friedrich Karl WAECHTER / Ken CAMPBELL, *Clowns Spiele: Schule mit Clowns / Ausflug mit Clowns / Die Aschenputtler*
Theresia WALSER
– *Die Heldin von Potsdam*
– *King Kongs Töchter*

– *Kleine Zweifel / Das Restpaar*
– *So wild ist es in unseren Wäldern schon lange nicht mehr*
– *Wandernutten / Die Kriegsberichterstatterin*
Urs WIDMER
– *Das Ende vom Geld / Münchhausens Enkel*
– *Der Sprung in der Schüssel / Frölicher – ein Fest*
– *Die lange Nacht der Detektive*
– *Die schwarze Spinne / Sommernachtswut*
– *Jeanmaire. Ein Stück Schweiz*
– *Nepal / Der neue Noah*
– *Stan und Ollie in Deutschland / Alles klar*
– *Top Dogs*
– *Züst oder Die Aufschneider*
Ingeborg von ZADOW, *Ich und Du. Sechs Theaterstücke für Kinder*

Klassiker-Übersetzungen
Daniil CHARMS, *Theater!* Übersetzt von Peter Urban
Pierre CORNEILLE, *Der Cid / Spiel der Illusionen.* Übersetzt von Simon Werle
Henrik IBSEN, *Dramen in einem Band.* Übersetzt von Heiner Gimmler
MOLIÈRE, *Der Menschenfeind / Der Tartuffe.* Übersetzt von Simon Werle
Jean RACINE
– *Berenike / Britannicus.* Übersetzt von Simon Werle
– *Phädra / Andromache.* Übersetzt von Simon Werle
Hjalmar SÖDERBERG, *Gertrud / Abendstern*

Über das Theater

Josef BIERBICHLER, *Verfluchtes Fleisch*

Rolf BOYSEN, *Nachdenken über das Theater*

Anton ČECHOV, *Über Theater*

Rainer Werner FASSBINDER, *Fassbinder über Fassbinder. Die ungekürzten Interviews*. Hg. von Robert Fischer

Dario FO, *Kleines Handbuch des Schauspielers*

Bernard-Marie KOLTÈS, *»Ich ertrage das Theater nicht«. Briefe, Texte, Interviews.* Hg. und übersetzt von Almuth Voß

Hans-Thies LEHMANN, *Postdramatisches Theater*

Botho STRAUSS, *Versuch, ästhetische und politische Ereignisse zusammenzudenken. Essays und Theaterkritiken*

Verlagsgeschichte

Über einander. Autoren schreiben über Autoren

Walter BOEHLICH / Karlheinz BRAUN / Klaus REICHERT / Peter URBAN / Urs WIDMER, *Chronik der Lektoren. Vom Suhrkamp Verlag zum Verlag der Autoren*